纳尼亚传奇

THE CHRONICLES OF NARNIA

狮子、女巫和魔衣橱

[英] C.S. 刘易斯 著
李红慧 译

江西人民出版社
Jiangxi People's Publishing House
全国百佳出版社

图书在版编目（CIP）数据

狮子、女巫和魔衣橱 /（英）C.S.刘易斯著；李红慧译. --南昌：江西人民出版社，2017.1
（纳尼亚传奇）
ISBN 978-7-210-07534-9

Ⅰ.①狮… Ⅱ.①C…②李… Ⅲ.①儿童小说－长篇小说－英国－现代 Ⅳ.①I561.84

中国版本图书馆CIP数据核字(2017)第037341号

策划编辑：张德意 童晓英
责任编辑：张志刚 杜庆凤
特约编辑：张妙玉 杨期和 田荣尚
装帧设计：罗俊南
出　　版：江西人民出版社
发　　行：各地新华书店
地　　址：江西省南昌市三经路47号附1号
编辑部电话：0791-86898873
发行部电话：0791-86898815
邮政编码：330006
网　　址：www.jxpph.com
E-mail：jxpph@tom.com　web@jxpph.com
2017年3月第1版　2017年3月第1次印刷
开　　本：1/32
印　　张：5
字　　数：99千字
ISBN 978-7-210-07534-9
定　　价：15.00元
承印厂：北京柯蓝博泰印务有限公司
赣版权登字—01—2017—118
版权所有　侵权必究
赣人版图书凡属印制、装订错误，请随时向承印厂调换

纳尼亚传奇

系列作品顺序

按照原著出版顺序（公元纪年）

《狮子、女巫和魔衣橱》	1950
《凯斯宾王子》	1951
《黎明踏浪号》	1952
《银椅》	1953
《能言马和男孩》	1954
《魔法师的外甥》	1955
《最后的战役》	1956

按照故事年代顺序（纳尼亚年）

《魔法师的外甥》	1
《狮子、女巫和魔衣橱》	1000
《能言马和男孩》	1014
《凯斯宾王子》	2303
《黎明踏浪号》	2306
《银椅》	2356
《最后的战役》	2555

本书魔幻角色介绍

人头马

人头马是希腊神话中一种半人半马的怪物。在希腊神话中,人头马的父亲居心不良,宙斯便用计谋使他娶了一朵云,人头马便从云中滚落降生。人头马大都野蛮而粗俗,但也有少数是非常有知识和教养的。

小矮人

小矮人是西方神话中的种族,个子矮小,但身板结实、强壮有力。擅长建筑、冶炼,有优秀的锻造、建筑甚至机械技术,喜欢居住在洞穴和坑道里,且对财富极其迷恋。

巨人

巨人,神话中体型庞大的人形生物。他们力大无穷,头脑简单,性格暴躁,爱好征战杀戮,令人望而生畏。但也有少数巨人善良而单纯。

女巫

女巫擅长使用巫术、魔法、占星术,据说女巫分为白女巫和黑女巫,白女巫使用白魔法,黑女巫使用黑魔法。

羊怪

羊怪在希腊神话中是一半像羊、一半像人的生物。羊怪的原型是自然之神——潘,所以他们专门照顾牧人、猎人、农人和住在乡野的人,也帮助孤独的旅行者驱逐恐怖。

目录
Contents

第一章
露茜窥视衣橱 / 001

第二章
露茜的发现 / 008

第三章
爱德蒙和衣橱 / 019

第四章
土耳其软糖 / 027

第五章
回到橱门的这一边 / 035

第六章
进入森林 / 044

第七章
和海狸在一起的一天 / 052

第八章
午餐后发生的事 / 063

第九章
在女巫家 / 072

第十章
咒语开始破除 / 081

第十一章
阿斯兰快到了 / 090

第十二章
彼得的首战 / 100

第十三章
远古时代的高深魔法 / 109

第十四章
女巫的胜利 / 118

第十五章
远古以前更加高深的魔法 / 127

第十六章
石像背后的故事 / 135

第十七章
追捕白鹿 / 145

第一章
露茜窥视衣橱

从前,有兄弟姐妹四人,分别叫彼得、苏珊、爱德蒙和露茜。这个故事讲述的就是发生在他们身上的事情。

不幸的战争时期,为了躲避敌人频繁的空袭,他们被父母送离伦敦,安顿在一位老教授的家里。老教授的家位于英国的中部,很是偏僻,距离最近的火车站有10英里,距离最近的邮局也有两英里。老教授没有妻子,与女管家麦克雷迪和三个仆人(分别是艾薇、玛格丽特和贝蒂,但她们在这个故事中出现的次数不是很多)一起住在巨大的房子里。老教授已经老态龙钟,一头蓬乱的白发,就连络腮胡子也全部花白,但是他的笑容总是像阳光一样让人感到温暖。孩子们一来到这里就喜欢上了他。但在头天晚上,当他从前门出来迎接他们的时候,他的模样让年龄最小的露茜感到有点害怕。而排行第三的爱德蒙却忍不住想要发笑——他不得不一次又一次地装作擤(xǐng)鼻涕,这才没有笑出声来。

第一天晚上,孩子们向老教授道过晚安,一起上楼后,男孩们来到女孩们的房间,讨论了起来。

"我们的运气真好，"彼得说，"这房子好大，我们可以想干什么就干什么，那个老先生是不会管我们的。"

"我想他是个惹人喜欢的老头。"苏珊说。

"哎呀，别东拉西扯了！"爱德蒙说道。他已经有些累了，却装作不累的样子。每当这时，他总会发发脾气，"别再说这些了！"

"那该说些什么？"苏珊回应道，"我看你该上床睡觉了。"

"你倒学着妈妈的样子教训起我来了，"爱德蒙说，"你有什么权力要求我几点睡觉？你还是自己去睡吧。"

"我们最好还是都去睡觉吧，"露茜压低声音调解说，"如果他们听到我们在这儿说话，一定会训斥我们的。"

"绝对不会，"彼得说，"在这样的大房子里，谁也不会在意我们做什么。至少，他们听不到我们的说话声。因为从这里下去到饭厅，中间有这么多楼梯和过道，大约要走10分钟呢。他们怎么能听得到我们的说话声呢？"

"那是什么声音？"露茜突然问道。这所房子比她以往住过的任何房子都要大得多。一想到那些长长的过道和一排排通向空荡荡的房间的门，她就感到害怕，浑身直起鸡皮疙瘩。

"那只是鸟叫声，小傻瓜。"爱德蒙说。

"是猫头鹰的叫声，"彼得说，"这里是各种鸟儿栖息的乐园。我现在要去睡觉了。我们明天去探险吧。像这样的地方，你也许可以发现任何东西。在来时的路上，你们有没有看到那些山？还有那些树林？那里可能会有鹰、鹿或是鹫。"

第一章 露茜窥视衣橱

"有獾（huān）吗？"露茜问。

"还有狐狸！"爱德蒙说。

"兔子！"苏珊说。

说着说着，孩子们都笑了，他们是那么憧憬着即将到来的探险，谈话就这样在笑声中结束了。

谁知第二天一早，天淅淅沥沥地下起雨来。雨越下越大，朝窗外望去，既看不到山，也看不见树林，就连花园里的小溪也看不见了。

"看来这雨会一直下了！"爱德蒙说。他们刚与老教授一起吃完早餐，正待在教授给他们安排在楼上的房间里。这是个狭长而又低矮的房间，两边各有两扇窗户可以望见外面。

"不要再发牢骚了，爱德蒙，"苏珊说，"或许一个小时后，天就会放晴呢。在这段时间，我们可以找点什么玩一玩。这里有无线电，还有很多书。"

"我才不稀罕这些玩意呢，"彼得说，"我要在这个大房子里面转一转。"

大家都同意这个建议，他们的探险就这样开始了。这是座你似乎永远也走不到尽头的大房子，里边有着各种你意想不到的地方。开始时，他们打开了几扇门，里面全是些空荡荡的卧室，这和大家所想的一样。但他们马上又进入一个非常狭长的房间，墙上挂满了画，他们还在屋子里发现了一套中世纪的骑士盔甲。然后，他们又来到另一个房间，里面摆满了绿色植物，在墙壁的一个角落里放着一把竖琴。接着，他们走过一下一上的两段

楼梯,来到楼上的一间小厅,小厅的一扇门通往外面的阳台。之后,他们又进到一连串各自相通的房间,里面摆满了一排排的书。这些书大多非常古老,有些书比教堂里的《圣经》还大。他们在里面没待多久,就又探进另一个空荡荡的房间。只见里面放着一个巨大的衣橱,衣橱的橱门上镶着一面镜子。除了窗台上面放着一个暗淡无光的蓝色花瓶,房间里再也没有其他东

西。

"这里什么都没有!"彼得很失望。大家纷纷走了出去,只有露茜还留在后面。因为她想试着打开那个大衣橱。这个大衣橱像是有魔力一样吸引着露茜,让她很想知道这衣橱里面有

什么。虽然她敢肯定那衣橱门是锁着的,但这依然值得一试。让露茜意想不到的是,她的手刚刚碰到衣橱门,门竟一下打开了,两颗樟脑丸从里面滚落出来。

她朝衣橱里望了望,里面挂着一排外套,几乎全是长长的皮毛外套。露茜非常喜欢这些皮毛外套的气味和摸在手上软绵绵的感觉。于是,她立即跨进衣橱中,挤在这些衣服中间,并把小脸蛋贴在毛茸茸的皮衣上轻轻地摩擦。当然,橱门是打开的,因为她觉得把自己关在衣橱中是件非常愚蠢的事。衣橱很大,她又往里走了几步,并发现第一排衣服后面还挂着另一排衣服。那里面非常黑,她把双手伸向前方,这样自己的脸就不会碰到衣橱的后壁。她又向前跨了一步,然后又跨了第二步、第三步,希望指尖能够触碰到橱壁的木头。但她并没有碰到。

"这一定是个非常非常大的衣橱!"露茜想。她继续往里走,将一件件衣服推向两边,以留开空间走路。就在这时,她注意到脚底下发出了咯吱咯吱的声响。"我想肯定是踩到樟脑丸了吧。"她一边想,一边弯下腰用手去摸。然而她并没有摸到衣橱那坚硬而又光滑的木质橱底,而是摸到了柔软的、粉末似的、冰冷的东西。"这可真是奇怪!"她又向前走了几步。

很快,她发现,蹭着她的脸和手的已不再是软软的毛皮,而是坚硬、粗糙甚至有点刺痛的东西。"怎么像是树枝呢!"露茜惊叫了一声。接着,她看见前面有一盏灯。那盏灯不是在衣橱后面几英寸的橱壁的位置,而是在很远很远的地方。露茜往前走了几步,一种冰冷而柔软的东西飘落在她的身上。不一会儿,她发现自己离开了衣橱,而眼前的景色让露茜惊讶地张大了嘴巴。此时她竟身处深夜的树林之中,脚下踩着积雪,漫天飞舞着雪花。

露茜有点儿害怕起来,同时又有些好奇和兴奋。她回头望去,穿过阴暗的树干间隙,她依然可以看到衣橱那敞开的门,甚至还可以瞥见那间空荡荡的屋子。那里似乎还是

白天。"如果出了什么事,我还可以回去。"露茜安慰着自己。她开始朝前走,脚下的积雪咯吱作响。她穿过树林,一直朝着那盏灯走去。

大约走了10分钟,她终于到了那里,发现那是一盏路灯。正当她站在那望着路灯,猜想树林里为什么会有一盏灯、下一步自己该怎么办的时候,她听到一阵啪嗒啪嗒的脚步声。没多久,一个看起来非常奇怪的人影从树林中走了出来,并来到了路灯射下的光线里。

他只比露茜高出一点点,打着一把伞,伞上满是雪,一片白色。不对,那不是个人,他的腰身以上看起来像个人,他的

第一章 露茜窥视衣橱

腿却像是山羊的腿,上面长满了光滑的黑毛;他没有脚,却长着山羊的蹄子。他还有一条尾巴,但露茜刚开始并没有看到。因为怕拖在雪地里弄脏,他把它放在拿伞的那个手臂弯里。他的脖子上围着一条红色的羊毛围巾,他的皮肤也是红扑扑的。他的长相有点奇怪,却又惹人喜欢。他留着尖尖的短胡子,长着卷曲的头发,他额头两边各长着一只羊角。他一只手撑着伞,另一只手抱着几个棕色的纸包。从他抱着的纸包和现在正下着的雪来看,他似乎正在为圣诞节做准备。他就是古罗马神话中半人半羊的羊怪。当看到露茜时,他愣了一下,手中所有的纸包都掉落在了雪地上。

"天哪!"半羊人惊叫了一声。

第二章
露茜的发现

"晚上好。"露茜说。但是半羊人只顾忙着捡地上的包裹,以至于刚开始他并没有做出回应。他把所有的包裹都捡完后,向露茜浅浅地鞠了一躬。

"晚上好,晚上好!"半羊人上下打量着露茜说道,"恕我冒昧,你是不是夏娃的女儿?"

"我叫露茜。"她回答道,不太理解半羊人的意思。

"但你是——请原谅我的冒昧——他们所说的女孩?"半羊人说。

"我当然是个女孩了。"露茜说。

"你确实是个人类?"

"当然,我是人类。"露茜说道,她还是有一点儿困惑。

"不可否认,不可否认,"半羊人说道,"我真够蠢的!但我以前从没有见到过亚当的儿子或是夏娃的女儿。那就是说——"这时,他停了下来,就好像他正准备要说出一些不该说的话。"太好了,太好了,"他继续说道,"请允许我介绍下自己。我叫图姆纳斯。"

第二章 露茜的发现

"很高兴见到你,图姆纳斯先生。"露茜说。

"夏娃的女儿露茜,我可以问一下,你是怎么来到纳尼亚的吗?"

"纳尼亚?那是什么?"露茜说。

"这里就是纳尼亚,"半羊人说,"我们现在就站在纳尼亚,从这盏路灯一直到位于东海岸的凯尔帕拉维尔城堡都属于纳尼亚。而你——你一定是从西部荒野的丛林中来的吧?"

"我是从一个空荡荡的房间的衣橱里走到这里来的。"露茜说。

"啊!"图姆纳斯用一种相当忧郁的声音说,"如果我小时候能好好学习地理,我现在一定会知道这些奇怪的国家。不过,现在已经太晚了。"

"但它根本就不是什么国家,"露茜一边说,一边差点儿笑出声来,"就在后面的那里——我也说不好。不过那里还是夏天呢。"

"现在,"图姆纳斯先生说,"在纳尼亚,却是冬天。而且这里的冬天太漫长了。我们这样站在冰天雪地里谈话会感冒的。来自遥远的空屋国的夏娃的女儿,你的衣橱之城永远笼罩在夏天的光明中。你愿意和我一起到家中吃些茶点吗?"

"谢谢你,图姆纳斯先生。"露茜说,"但我想我该回去了。"

"只要转个弯就到我家了。"半羊人说,"我家里烧着温暖的炉火,还有烤面包、沙丁鱼和蛋糕。"半羊人的眼中露出恳求的神色。

"嗯,你真好,"露茜说,"但我不能坐太久。" 露茜被他的真心打动了。

"请抓住我的胳膊,夏娃的女儿,"图姆纳斯先生说,"这样,我们就可以合撑一把伞了。在那边,现在——我们走吧。"

就这样,露茜和这个奇怪的生物手挽手穿过了树林,就好像他们已经是老朋友了。

第二章 露茜的发现

没走多远，他们就来到了一个地方。这里的路面崎岖不平，到处都是岩石，小山起起伏伏。在一个小山谷的底部，图姆纳斯先生突然拐向一边，就好像他要径直走到一块巨大的石头上一样。不过最后，露茜发现他正带着她来到一个洞口。他们一走进洞内，露茜就看到了燃烧着的木柴发出的那一闪一闪的火光。图姆纳斯先生弯下腰去，用一把小巧的火钳，从火中夹出一块燃烧着的木头，并用它点亮了一盏灯。"现在马上就好啦！"他说道，然后立刻把水壶放到火炉上。

露茜想，她从来没有到过比这更舒适的地方。这个山洞虽然不大，却干燥而整洁。洞内的石壁是淡红色的，地上铺着一块地毯，地毯上摆着两把小椅子，还有一张桌子和一个食具橱。火炉上方是个壁炉台，壁炉台的上方挂着一幅长着白胡子的老半羊人的画像。在山洞的一个角落有一扇门。露茜想，那一定

是图姆纳斯先生的卧室,简单的摆设却给人温暖的感觉。在一面墙上有一个摆满了书的书架。有《森林之神的生活和文化修养》《山林水泽中的仙女和她们的生活方式》《人、修道士和猎场看守人》《民间传说研究》《人类是神话吗?》等。半羊人在摆放茶具的时候,露茜就翻看着这些书籍。

"茶点好了,夏娃的女儿。"半羊人说。

这可真是一顿丰盛的茶点。先是每人一个褐色的煮鸡蛋,蛋煮得很嫩。接着是沙丁鱼盖烤吐司,然后又是奶油吐司、蜂蜜吐司、白糖蛋糕,应有尽有。等露茜已经吃不下的时候,半羊人就开始和她交谈起来。他讲了许多丛林中发生的精彩故事。

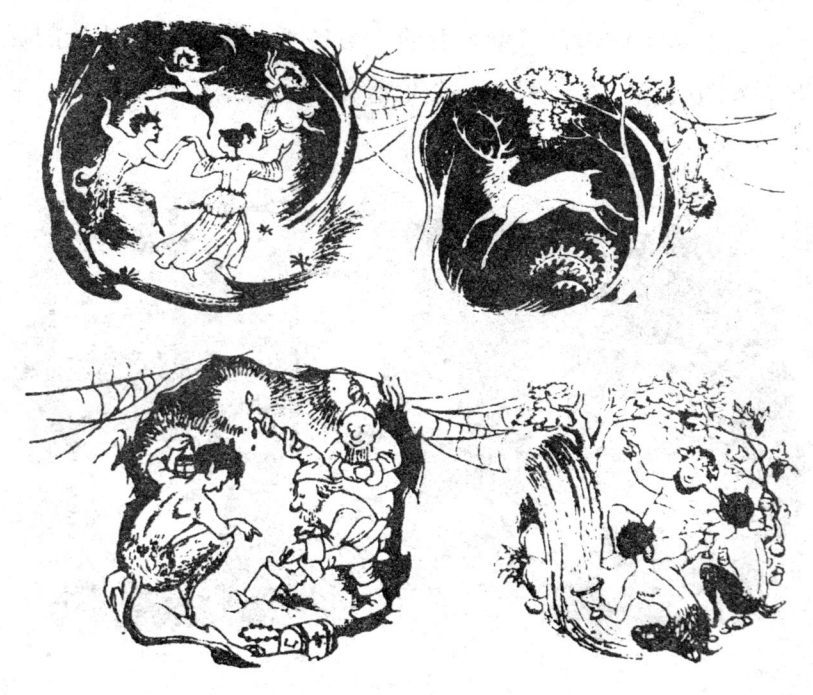

第二章 露茜的发现

他讲述了子夜舞会，讲述了住在井中的水仙和住在树中的树仙是如何出来和羊怪一起跳舞的，讲述了长长的打猎队伍是如何追逐乳白色的仙鹿的。如果你抓到这种仙鹿，你就可以实现自己的愿望。他还讲了森林里的宴会，讲了他们怎样和疯狂的红侏儒在地下很深的矿井和岩洞里寻宝。最后，他还讲了林中的夏天。那时，森林中全是绿色的，老森林之神会骑着他那肥胖的驴子来拜访他们。有时，连酒神也会到访。酒神一来，河里流着的就不再是水，而是变成了酒。整个森林一连好几个星期都沉浸在节日的欢闹中。"不像现在这样，总是没完没了的冬季！"他显得很是忧伤。然后，为了让自己打起精神，他从食具橱中的一个箱子里拿出一根奇怪的小笛子吹了起来，这笛子看起来就像是用稻草秆做的。笛子的曲调让露茜一会儿想哭，一会儿想笑，一会儿又想跳舞。最终，露茜睡着了。

过了好几个小时，她才醒过来，并对半羊人说："哦，图姆纳斯先生，很抱歉打断你，我非常喜欢你的曲调，但我真的得回去了，我本来只想在这里待几分钟的。"

"现在不行，你知道的。"半羊人一边说，一边放下他的笛子，非常伤心地对露茜摇了摇头。

"不行？"露茜突然站起身来说，她感到非常害怕，"你是什么意思？我要马上回家。不然我的哥哥姐姐们会以为我出了什么事情。"但过了一会儿，她又问道："图姆纳斯先生！究竟发生了什么事？"因为这时，露茜注意到，半羊人那棕色的双眼中充满了泪水，泪水沿着他的双颊往下流，流到他的鼻

尖底下，滚落了下来。最后，他用双手捂住了脸，开始号哭起来。

"图姆纳斯先生！图姆纳斯先生！"露茜感到很难过，"不要这样！不要这样！到底发生了什么？你没事吧？亲爱的图姆纳斯先生，请告诉我你到底怎么了。"但是，半羊人继续啜泣着，就好像他的心都快碎了。甚至当露茜走过去，用双手搂住他，并递给他手绢儿的时候，他依然没有停下来。他只是接过手绢，一边哭，一边擦着眼泪，等到手绢湿得不能再用时，他就用双手拧几下。所以，露茜脚下的一小块地方都湿漉漉了。

"图姆纳斯先生！"露茜摇着他的身子，在他的耳边大声喊道，"好了，现在马上停下来！你这么大的羊怪，又不是小孩子了！你到底为什么要哭？"

"哦，哦，哦。"图姆纳斯呜咽着说，"我哭，因为我是一个坏羊怪。"

第二章 露茜的发现

"我根本不认为你是一个坏羊怪。"露茜说,"我认为你是一个非常好的羊怪。你是我见到的最好的羊怪。"

"哦,哦,如果你知道事情的真相,你就不会这么说了。"图姆纳斯先生抽泣着回答,"不,我是一个坏羊怪。我想,有史以来,再也没有哪个羊怪比我更坏了。"

"那么你都做了什么坏事?"露茜问。

"我的老父亲,"图姆纳斯先生说,"就是挂在壁炉台上面的那位,无论如何他都不会做出这样的事来。"

"哪样的事?"露茜问。

"就像我现在做的事,"半羊人回答,"为白女巫效劳。我干的就是这种事情,我受雇于白女巫。"

"白女巫?她是谁?"

"哎呀,就是她控制了整个纳尼亚,就是她让这里全年都是冬天,却从来没有圣诞节,你想想,这会是什么样?"

"真糟糕!"露茜说,"但是她要你干什么?"

"她要我干最坏的事情,"图姆纳斯先生长叹一声说,"她要我替她绑架,这就是我干的事。看着我,夏娃的女儿,你会相信吗?我就是这样的一个羊怪,在森林里遇到一个可怜无辜的孩子,她从没有伤害过我,而我却假装友好,把她带到我的洞里来。一切都是为了将她哄睡,然后再交给白女巫。"

"不,"露茜说,"我相信你是不会做出这种事来的。"

"可是我已经做了。"半羊人说。

"好吧,"露茜放慢了语调,"这确实够糟糕的。但是,

你为此感到很愧疚,我相信你绝不会再做这样的事了。"

"夏娃的女儿,你不明白吗?"半羊人说,"这不是我过去做过的事,而是我现在正在做的事。"

"你是什么意思?"露茜哭了起来,脸色一下子变得苍白。

"你就是那个孩子。"图姆纳斯先生说,"我得到了白女巫的命令,如果我在树林里发现亚当的儿子或是夏娃的女儿,我就得把他们抓起来,并交给她。而你是我遇到的第一个孩子。我假装和你交朋友,邀请你来我家吃茶点。而我一直想做的就是等你睡熟以后,我就去告诉白女巫。"

"噢,不过你不会这么做的,图姆纳斯先生,"露茜说,"你是不会这么做的,对吗?你真的不能去告诉她啊!"

"假如我不去告诉她,"图姆纳斯说着又哭了起来,"她一定会发现的。她会砍掉我的尾巴,锯断我的角,拔掉我的胡子。她还会挥动她的魔杖打断我这美丽的丁香蹄,把它们变成像劣马那样可怕的单蹄。如果她恼羞成怒,她还会把我变成石头。我就会成为她那可怕的房子里的一座半羊人石像,直到人类占据了凯尔帕拉维尔的四个宝座并掌握大权为止。可是,谁知道这样的事情哪一天才会发生,或者说,谁知道它到底会不会发生呢。"

"非常对不起,图姆纳斯先生,"露茜说,"请您让我回家吧。"

"我当然会让你回家,"半羊人说,"我必须得这样做。在遇见你之前,我不知道人类是什么样子。现在我明白了。我不会将你交给白女巫,我已经了解你了。但我们得马上离开这里。

第二章 露茜的发现

我会把你送到路灯那。我想,到了那之后,你就可以找到回空屋和衣橱的路了。"

"我相信我能找到的。"露茜说。

"我们走的时候,尽量不要发出声音,"图姆纳斯马上压低声音说,"整座森林中都有她的奸细,就连一些树木都站在她那边。"

他们站起身来,来不及收拾桌上的茶具。图姆纳斯又撑起伞,伸出胳膊让露茜挽着,两人走进了雪中。回去的路上,他们悄无声息地匆匆赶路,一句话也不敢说,并且尽量走在最阴暗的地方。当露茜再次回到路灯前时,她才松了一口气。

"夏娃的女儿,你知道从这里回去的路吗?"图姆纳斯问。

露茜向四下里望了望,她看到远处有一片亮光,看起来很像日光。"知道。"她说,"我已经看到衣橱门了。"

"那现在赶快回去吧。"半羊人说,"你——你能原谅我本来想做的坏事吗?"

"为什么不呢,我当然会原谅你的。"露茜一边说,一边诚恳地握着图姆纳斯的手说,"我希望你不会因为我而遇到可怕的麻烦。"

"一路走好,夏娃的女儿。"他说,"你的手绢可以让我随身带走吗?"

"当然可以。"露茜说完就急匆匆地朝着远处有亮光的地方飞奔而去。不一会儿,她就感觉到从她身上擦过的已不再是粗硬的树枝,而是柔软的衣服;她脚下踩着的也不再是嘎吱作响的雪,而是坚硬的木板。一眨眼,她发现自己又跳出了衣橱,来到之前的那间空屋——也就是整个冒险开始的地方。她紧紧地关上了身后的橱门,向四周望了望,不停地喘着粗气。雨依然在下着,她能清清楚楚地听见过道里哥哥姐姐说话的声音。

"我在这儿!"她兴奋地大喊着,"我在这儿,我回来了,我平平安安地回来了!"

第三章
爱德蒙和衣橱

露茜从空屋中一口气跑到过道里,找到了另外三个人。

"好啦,好啦!"她连声说,"我可回来啦!"

"露茜,你干吗大惊小怪的?"苏珊问。

"啊?"露茜惊讶地说,"你们不想问问我去哪了吗?"

"你刚才在玩捉迷藏,不是吗?"彼得说,"可怜的露茜,你就藏了这么一小会儿,没人注意你!如果你想要别人来找你,你得藏得更久些才对。"

"但是我已经离开几个小时啦!"露茜说。

三个人都瞪大了眼睛,你看看我,我看看你。

"疯啦!"爱德蒙拍着他的脑袋说,"真是疯啦!"

"你是什么意思,露茜?"彼得问道。

"我是说,"露茜回答道,"吃了早餐后,我走进了衣橱。我已经离开好几个小时了,我在里面吃茶点,而且还发生了很多的事情。"

"不要犯傻了,露茜,"苏珊说,"我们刚从空屋里出来,而你刚才还在里面呢。"

"她一点儿也不傻,"彼得说,"她只是给我们编了一个故事,讨我们开心,对吧,露茜?这有什么不好呢?"

"不,彼得,我不是在编故事。"露茜争辩着,"这——这是个魔法衣橱,里面有一座森林,而且正在下着雪。那里还有一个羊怪、一个女巫。那个地方叫作纳尼亚,不信就过去看看吧。"

听她这么一说,其他人更加莫名其妙了,但露茜非常兴奋。他们跟在她身后一起回到了那个房间。她急匆匆地跑到前面,猛地打开了橱门并喊道:"现在,你们自己进去看看吧。"

"你这个小傻瓜,"苏珊说着将头伸进衣橱里,把皮毛大衣推向两边,"这只是个普通的衣橱,看!这不是衣橱的后壁吗?"

然后,大家都伸着脖子朝衣橱里看去,把里面的衣服推向两边以后,他们都看见了——露茜自己也看见了——这完全是一个普普通通的衣橱,里面根本没有什么树林,也没有雪,只有衣橱的后壁,上面还有一些挂钩。彼得走进衣橱里,用他的手指敲了敲橱柜的后壁,确信它足够坚固。

"好有趣的恶作剧,露茜,"他一边说,一边从里面走了出来,"我得承认,我们真的被你给骗了,差点儿就相信了你的话。"

"但这根本不是什么恶作剧,"露茜说,"这的确是真的,之前不是这样的。我发誓,这绝对是真的。"

"过来,露茜,"彼得说,"你再这样编下去就有点儿过

第三章 爱德蒙和衣橱

头了。你已经开过玩笑了,现在是不是该到此为止了?"

露茜急得满脸通红,她想说些什么,但又不知该说什么好,忽然,她大声哭了起来。

接下来的几天,露茜一直闷闷不乐。如果她承认整个故事都是编出来哄大家开心的,那她随时都可以轻而易举地与大家和好。但露茜是一个非常诚实的小女孩,她坚信自己是对的,她不肯随便乱说。其他人都认为她在说谎,而且是个非常愚蠢的谎言,这使她感到非常委屈。彼得和苏珊这么说她并不是有意嘲笑她,但爱德蒙却是有点儿故意找茬。现在,他可算是找到了取笑露茜的理由。他嘲笑露茜,并一次又一次地问她是不是在房子里的其他橱柜中又发现了新的国家。那几天本该是令人开心的日子,因为天气晴朗,他们从早到晚都在外边玩,洗澡、钓鱼、爬树、躲在石楠树丛中玩,但露茜对这些却一点儿兴趣都没有。这样的情况一直持续了几天,直到另一个阴雨天的到来。

那一天,直到下午,雨依然没有停,天气也没有一点儿转晴的迹象。于是,他们决定玩捉迷藏。其他三个人躲,苏珊负责捉。大家一散开,露茜进入了那个摆放着衣橱的房间。她并不想躲到衣橱里,因为她知道,那只会让其他人再次谈论起那件令人不快的事来。但她确实想要往衣橱里再看一看,因为现在她开始怀疑纳尼亚和羊怪是否只是一场梦。她想,这房子又大又复杂,到处都是可以躲藏的地方。所以,她还有时间再往衣橱里看一看,然后再藏到其他的地方去。但她一走进衣橱,就听见外边过道里传来脚步声,她没有办法,只得跳进衣橱,并关上了橱门。

　　她没有将门关得很严,因为她知道,将自己关在衣橱里是件非常愚蠢的事,尽管这并不是一个神秘的衣橱。

　　露茜所听到的脚步声其实是爱德蒙发出的。当他走进那个房间时,刚好看见露茜的身影消失在衣橱中,他急忙跟了过去。他并不认为衣橱是个躲藏的好地方,只是因为他想过去继续嘲

第三章 爱德蒙和衣橱

笑露茜所编造的那个国家。他打开衣橱门,里边像往常一样挂满了衣服,还有樟脑丸的气味,黑乎乎、静悄悄的,一点儿都看不到露茜的身影。"她一定以为我是苏珊来抓她了,"爱德蒙自言自语道,"所以她就躲在衣橱里不出声。"他跳进衣橱,并关上了门,忘记了自己这么做有多么愚蠢。然后,他开始在黑暗中慢慢摸索。他原以为几秒钟就能摸到露茜,但让他感到吃惊的是,他怎么也摸不到。他想去把衣橱门打开,以放进一点儿光线,但他无法找到衣橱门。他根本不喜欢这里,就开始四处乱摸,甚至还喊了起来:"露茜,露茜!你在哪儿?我知道你就在这里面。"

露茜没有任何回应,爱德蒙发现自己的声音听起来非常奇怪,不像是在衣橱里发出的那种声音,更像是在野外发出来的。他还感到非常冷。这时,他看见一束光线。

"谢天谢地。"爱德蒙说,"一定是衣橱门自己打开了。"他已经把露茜忘得一干二净了,只顾朝那光线走去,他以为那就是开着的橱门。但他发现自己并没有走回到空屋中,而是从一片浓密而阴暗的冷杉树丛中,走进了林中的一片空地。

他脚下踩着又干又脆的雪,树枝上也盖着厚厚的雪。他的头顶上是一片蔚蓝的天,这就像人们在冬天晴朗的早晨看到的那种天空。太阳刚从正前方的树干间升起,熠熠生辉。四周一片寂静,好像在那个国家,除了他以外,什么生灵也不存在了。在树林中间,连一只知更鸟和松鼠也没有,森林向四面八方伸展开去,一望无际。他不禁打起了寒战。

这时他才忽然想起,他是来找露茜的。他也想到,他对她讲的故事是多么反感,而现在周围的一切证明她讲的情况是真的。他想露茜一定就在附近不远的地方,于是他就大喊起来:"露茜!露茜!我是爱德蒙,我也来了。"

没有回应。

"她是因为我最近所说的话生气了。"爱德蒙想,虽然他不愿意承认自己错了,但他也不想一个人孤零零地待在这个陌生、寒冷又僻静的地方,所以他又喊了起来,"我说,露茜,我很抱歉,没有相信你说的话。我现在知道你一直都是对的。快出来吧。我们和好吧。"

第三章 爱德蒙和衣橱

还是没有任何回应。

"你可真是孩子气,"爱德蒙自言自语道,"一个人躲起来生闷气,连人家的道歉都不肯接受。"他又朝四周望了望,感觉自己不喜欢这个地方。于是,他决定马上离开。这时,他听到遥远的树林里传来了铃儿的响声。他仔细倾听着,那铃声离自己越来越近,越来越近,最后他看见一辆雪橇车由两头驯鹿拉着飞快地跑过来。

这两头驯鹿的体形和谢德兰群岛的矮种马差不多大,它们身上的毛发比雪还要白。它们的鹿角在阳光的照射下,发出类似火焰的光芒。它们脖子上的套具是用深红色的皮革制成的,上面挂着铃铛。坐在雪橇上赶鹿的是个肥胖的小矮人,如果他站起来的话,大约只有3英尺高。他身穿北极熊皮做的衣服,头上戴着一个红色的兜帽,兜帽的底部挂着一个长长的金穗子;他的一大把胡子一直垂到了两膝,完全可以当作一条围巾来用。在他身后,也就是雪橇中间一个更高的座位上,坐着一个与众不同的女人。她体形高大,比爱德蒙见过的任何一个女人都要高。她穿着一件白色的毛皮大衣,大衣的衣领比她的脖子还要高。她右手握着一根又长又直的魔杖,头顶上戴着一顶金色的王冠。除了她那血红的双唇,她的脸像雪、白纸或是糖霜那样苍白。她的脸看起来还算漂亮,但却显得十分骄傲、冷酷。

雪橇向爱德蒙疾驰而来,铃儿叮当作响。小矮人"噼噼啪啪"地挥舞着鞭子,雪向雪橇的四面飞溅着,这看上去真是美极了。

"停!"坐在雪橇上的女人说,小矮人猛地拉了一下驯鹿,

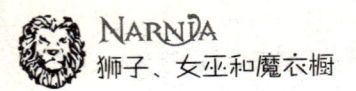

驯鹿差点被拉倒。它们很快恢复了过来,站在那儿,咯吱吱地咬着嘴里的嚼(jiáo)子,呼呼地喘着粗气。在这严寒的天气里,它们鼻孔里喷出的热气就像烟雾一般。

"你是谁?"女人问道,同时她眼神严厉地望着爱德蒙。

"我是——我是——我的名字叫爱德蒙。"爱德蒙相当尴尬。他很不喜欢那女人打量自己时的神情。

那女人皱了皱眉说:"你就这样和女王讲话吗?"样子显得更加严厉了。

"请原谅,女王陛下,我不知道。"爱德蒙说。

"你不认识纳尼亚的女王?"她尖声喊道,"哈,今后你就该知道了。回答我,你到底是干什么的?"

"女王陛下,"爱德蒙说,"我不明白您的意思,我在上学——只是我现在放假了。"

第四章
土耳其软糖

"那你是谁？"女王又问，"你是一个剃掉了胡子、长得过高的矮人吗？"

"不，陛下，"爱德蒙说，"我从来没有留过胡子，因为我还是个男孩。"

"一个男孩！"她说，"你的意思是你是亚当的儿子？"

爱德蒙站在那儿一动不动，一言不发。他被问得莫名其妙，一点也不明白这句话的意思。

"我看你就像个傻瓜，不管你是什么，"女王说，"立即回答我的问题，我可没耐性，你是不是人类？"

"是的，女王陛下。"爱德蒙说。

"那么，你是如何进入我的领土的？"

"女王陛下，我是从一个衣橱进来的。"

"衣橱？这是什么意思？"

"我打开了一扇门，然后就发现自己站在这里了。"爱德蒙说。

"哈哈！"女王像是在自言自语，"一扇门，一扇来自人类世界的门！我倒也听说过这样的事。这可能会毁掉我的一切。不过，还好只有他一个人类，而且他也很好对付。"她一边说，一边从座位上站起身来，死死地盯着爱德蒙的脸，眼睛里放着光。与此同时，她举起了手中的魔杖。爱德蒙知道，可怕的事情就要发生在自己身上了，但他似乎无法动弹。正当他觉得自己就要死了的时候，这个女人又改变了想法。

"我可怜的孩子，"她说话的语调变得完全不同了，"你看上去冻坏了！过来和我到雪橇上坐会儿，我给你裹上我的披风，我们俩好好谈谈。"

爱德蒙从心底里不喜欢这种安排，但他又不敢违抗，只好踏上了雪橇，并坐在她的脚旁。她将毛皮披风的一角披在他身上，将他裹得严严实实的。

"或许你想喝点热饮吧？"女王问，"喜欢吗？"

第四章 土耳其软糖

"好的,女王陛下。"爱德蒙说,他的牙齿在不停打战。

女王从衣服里掏出一个很小的瓶子,看上去像是铜做的。然后,她伸出手臂,从瓶里倒出一滴液体滴在雪橇旁边的雪地上。爱德蒙看到,这滴液体落地前,发出了像宝石一样的光芒,但它一碰到雪,就发出了咝咝的声响。霎时,一个镶嵌着宝石的杯子就出现了,杯子里盛满了饮料,还冒着腾腾的热气。矮人立即端起杯子,将它递给爱德蒙,同时向他鞠了一躬,脸上却露出了不太友好的笑容。爱德蒙喝了一口热饮后,感觉舒服多了。这是他从没尝过的饮料,非常甜,泡沫很多,还有奶油的味道。他喝下之后,感觉从头一直暖到了脚趾。

"亚当的儿子,喝饮料的时候不吃点儿什么吗?"女王马上说,"你最喜欢吃什么?"

"土耳其软糖,女王陛下。"爱德蒙说。

于是,女王又从瓶子里倒出一滴液体滴到雪地上,地上立即出现了一个圆盒子,用绿丝带扎着。把它一打开,里面装着好几块美味的土耳其软糖。每一块都又甜又软,爱德蒙从未吃过比这更好吃的东西。他现在觉得非常暖和,也十分舒服。

当他吃糖的时候,女王不断地问他各种各样的问题。刚开始,爱德蒙竭力让自己记住,吃东西的时候讲话是不礼貌的。但没过多久他就忘得一干二净,只顾着狼吞虎咽。他吃得越多,就越是想吃,一点儿也没在意女王为什么会问他那么多问题。最后他把一切情况都告诉了她:他有一个哥哥、一个姐姐和一个妹妹,而且他的妹妹已经来过纳尼亚,并在这里遇见了一个羊怪。除了他们兄妹四人之外，没有人知道纳尼亚。女王听说他们有兄妹四人后，似乎特别感兴趣，不断地追问："你确定你们只有四个人吗？两个亚当的儿子和两个夏娃的女儿，不多也不少？"爱德蒙嘴里塞满了软糖，一遍遍地回应："是的，我已经说过了。"他都忘记称她"女王陛下"了，但她似乎并不在乎。

最后，土耳其软糖全被吃完了，爱德蒙的眼睛直勾勾地盯着那个空盒子，希望女王再问他一声是不是还想吃。女王很可能知道他此时的想法。因为，即使爱德蒙没有说出口，她也知道，这土耳其软糖已被施了魔法，任何尝过这糖的人，都会想吃更多，只要可以，他们就不会住口，一直吃到被撑死为止。女王并没有给他更多的糖，只是说："亚当的儿子，我多么想见一见你的兄弟姐妹啊！你可以把他们带过来让我看看吗？"

"我会试试的。"爱德蒙说，眼睛依然盯着那个空盒子。

"如果你再来的话——当然要把他们一起带来——这样我会给你更多的土耳其软糖。但现在不能给你了，因为这种魔法只能使用一次。当然，如果在我家里，情况就不一样了。"

"要不我们现在就去你家吧？"爱德蒙问道。当他刚坐上雪橇时，他还有些害怕，担心自己会被带到一个陌生的地方去，然后永远都回不来了。但现在，他已忘记了这种恐惧。

"我家可是个非常舒适的地方。"女王说，"我肯定你会喜欢的，那里有几间房是专门用来放土耳其软糖的。而且，我没有孩子，我很想领养一个漂亮的男孩做王子。我会给他戴上

第四章 土耳其软糖

黄金王冠,让他整天都可以吃土耳其软糖。而你是我见过的最聪明、最帅气的年轻人。我想,如果哪天你把你的兄弟姐妹都带来,我就会让你当王子。"

"为什么现在不去呢?"爱德蒙说,他脸色变得通红,嘴和手指上面都黏糊糊的。不管女王怎样夸奖他,他看起来既不聪明也不漂亮。

"哦,如果我现在就把你带过去,"她说,"我将永远也见不到你的兄弟姐妹了。可我很想见见他们。你会成为王子,以后还要做国王,但你还必须要有侍臣和贵族。我会封你的哥哥为公爵,封你的姐姐和妹妹为女公爵。"

"他们没有什么特别的。"爱德蒙说,"但不管怎样,我随时都可以把他们带过来。"

"啊,一旦你到了我家,"女王说,"你可能就会把他们忘得一干二净,就会只顾着在那里享受,而不想再去接他们了。不!你现在必须回到你自己的国家去,过几天把他们一起带来,不和他们一起来是不行的。"

"可是我连回去的路都不认识了。"爱德蒙恳求说。

"这容易。"女王回答,"你看见那盏路灯了吗?"她用手中的魔杖指了指,爱德蒙转过身去,看见了露茜碰见羊怪时的那根灯柱。"一直往前走,过了那根灯柱,你就能找到通往人类世界的路了。嗯,现在你朝另外一条路看看,"说着,她指着相反的方向问,"顺着树梢的上头看去,你看到那两座小山了吗?"

"看到了。"爱德蒙回答。

"嗯，我的家就在两座小山中间。所以，你下次来的时候，只要找到灯柱，朝着那两座小山的方向，穿过这座森林，就可以到达我的家了。但你必须记住，你得带着你的兄弟姐妹一起来。如果你一个人来，我会很生气的。"

"我将尽我所能。"爱德蒙回答说。

"嗯，顺便说一句，"女王说，"你不必把我的情况告诉他们。我们都必须严守秘密，这会更有趣，是不是？等他们来了后，给他们一个大惊喜。你只要把他们带到那两座小山之间——一个像你这样聪明的男孩很容易想出一个借口——当你到了我家之后，只需要说一声，'让我们看看谁住在这儿'或类似的话就行了。我相信，那是再好不过的了。如果你的妹妹见过一个羊怪，她或许听到了一些关于我的坏话。她可能怕到我这儿来。羊怪总是喜欢乱说话，你知道的，而现在……"

"请您，请您，"爱德蒙插嘴问道，"再给我一块土耳其软糖，让我在回家的路上吃，好吗？"

"不，不，"女王大笑着说，"你必须等到下一次了。"她一边说，一边示意小矮人继续赶路。当雪橇开动之后，女王朝爱德蒙挥手喊道："下一次，下一次。不要忘记，过几天就到我家来。"

正当爱德蒙凝视着远去的雪橇的时候，他忽然听见有人在喊他的名字。他转过头来，看见露茜正从树林的另一个方向朝他走过来。

第四章 土耳其软糖

"噢,爱德蒙!"她大声喊道,"你也进来了!这是不是个好玩的地方?"

"是呀!"爱德蒙说,"原来你说的事是真的,那真的是个魔法衣橱。我必须得向你道歉,可是这段时间你到底去哪了?我一直在到处找你呢。"

"要是我知道你也进来了,我一定会等你的。"露茜说。她那么高兴,一点儿也没注意到爱德蒙说话时是多么急躁,他的脸色是多么红,多么奇怪。"我和亲爱的羊怪图姆纳斯先生一起吃午餐。他平安无事,上次他把我放走了,白女巫并没有对他怎么样。他说这件事女巫还不知道,他大概不会遇到什么麻烦。"

"白女巫?"爱德蒙问,"她是谁?"

"她是个十分可怕的女巫。"露茜说,"她自称纳尼亚的女王,尽管她根本没有权力做女王。所有的羊怪、水神、树神、小矮人和各种动物,凡是心肠好的,都非常讨厌她。她可以把人变成石头,还会做出各种各样可怕的事来。她施了一种魔法,使得纳尼亚一直都是冬天,但却始终过不了圣诞节。她手持魔杖,头戴王冠,坐在驯鹿拉的雪橇上。"

爱德蒙因为吃了太多的糖,已经感觉不舒服了,当他听到自己和一个危险的女巫做了朋友后,就更不舒服了。虽然如此,他还是想再尝尝土耳其软糖。

"是谁告诉你关于白女巫的这些事?"他问。

"羊怪图姆纳斯先生。"露茜说。

"你不要总是相信羊怪的话。"爱德蒙说，表现出一副比露茜更加了解羊怪的样子。

"是谁这样说的？"露茜问。

"大家都知道，"爱德蒙说，"随便你问问哪一个都行。但是，站在这里没有什么好玩的，我们回家吧。"

"好吧，我们走吧。"露茜说，"哦，爱德蒙，我很高兴你也进来了。我们两人都到过纳尼亚，其他人一定会相信我们了。这该多有趣呀！"

但是爱德蒙却暗自认为，承认纳尼亚的存在对他来说没有什么有趣的，倒是对露茜来说挺有趣。如果是那样的话，他就不得不在大家面前承认露茜是对的。他敢肯定，其他人一定会站在羊怪和别的动物那一边，而他站在女巫这一边。如果大家都知道了纳尼亚，那他就真的有口难辩，也无法保守他的秘密。

不知不觉，他们已经走了好远。忽然，他们发现周围已不再是树枝，而是衣服了。不一会儿，两人都已站在摆放着衣橱的空屋里了。

"我得说，"露茜说，"你的脸色看起来不太好，爱德蒙，你是不是身体不舒服？"

"我很好。"爱德蒙说，但这并不是真话，实际上他感觉很难受，脸色已经变得惨白惨白的了。

"那么咱们走吧，"露茜说，"我们去找他们，我们有许多话要告诉他们！如果我们四个人一起去纳尼亚，我们该经历一场多么精彩的冒险啊。"

第五章
回到橱门的这一边

因为捉迷藏的游戏还在继续,所以爱德蒙和露茜花了好长时间才找到苏珊和彼得。

当他们最后聚在那个放有盔甲套装的狭长的屋子里时,露茜大声说:"彼得!苏珊!一切都是真的。爱德蒙也看见了。那里有个国家,可以从衣橱里边穿过去。爱德蒙和我都进去了,我们在那里的森林中见到了彼此。该你了,爱德蒙,把一切都告诉他们。"

"到底发生了什么,爱德蒙?"彼得问。

接下来发生的事情有些让人讨厌。在这之前,爱德蒙一直感到很难受,绷着脸,仍然生露茜的气。但他并没有决定该怎么做。当彼得突然问他的时候,他决定做出他能想到的最不光彩的事,来整一下露茜。

"告诉我们吧,爱德蒙。"苏珊说。

于是,爱德蒙显出一副老成的样子,就好像他比露茜要大得多(而实际上两人只相差一岁)。他嗤嗤地笑着说:"噢,是的,露茜和我一直在做游戏,我们两个待在衣橱中,假装她说的那个国家是真实的。当然，我们只是为了好玩，实际上，那儿什么也没有。"

万万没有想到爱德蒙会这么说，可怜的露茜看了爱德蒙一眼，眼中闪着泪光，冲出了房间。

爱德蒙变得越来越不像话了，认为自己已经取得了巨大的成功，接着说道："瞧，她又这样了，她到底是怎么了？小孩子就是这样，他们总是……"

"听我说！"彼得猛地转向爱德蒙，并气愤地打断了爱德蒙的话，"住口！自从她上次胡编了那个衣橱的故事以来，你就一直让她不开心，现在你又跟她一起玩这种游戏，还把她气走了。我想，你就是故意为了出气。"

"但她确实是在胡闹。"爱德蒙说。彼得的话让他有些吃惊，他没想到彼得会这么说自己，他本想让彼得也站在他这一边。

"她当然是在胡闹，"彼得说，"问题就在这里。我们离开家的时候，露茜还是好好的。但自从我们来到这里后，她看上去不是头脑有些古怪，就是谎话连篇。但不管怎样，你今天嘲笑她，明天又去怂恿她，这对她有什么帮助？"

"我想，我想……"爱德蒙说，可是他又想不出该说什么。因为他真的说了谎，总之说谎是不对的，不管是出于什么心态。

"你根本什么都没有想。"彼得说，"你这样做就是充满恶意的。你总是欺负比你小的孩子，我们以前在学校里就经常见你这样。"

"别说了，你们两个吵来吵去，也不会让事情变得更好。

第五章 回到橱门的这一边

"让我们去找露茜吧。"苏珊打断吵架中的彼得和爱德蒙。孩子们这才发现,在这里争吵不是个明智的选择。露茜已经不知道跑到哪里去了,她现在一定很伤心。

果然不出大家所料,他们找了好长时间才找到了露茜,发现她依然在哭个不停。不管他们怎么说,露茜都没有停下哭泣,坚持说自己的故事是真的。

"我不在乎你们怎么想,我不在乎你们怎么说。你们可以告诉教授,可以写信告诉妈妈,随便你们怎么做。我只知道我在那儿碰到了一个羊怪。我真希望自己能留在那里,省得被你们欺负。"露茜泪流满面,十分伤心。

这是一个很不愉快的夜晚。露茜感到很难过,爱德蒙也同样痛心,他的计划并没有想象的那样进展顺利。两个年长的孩子开始觉得露茜已经发疯了。在她入睡之后很久,他们还站在过道里讨论着她。

第二天早上,他们决定把整件事情都告诉教授。"如果他也认为露茜出了问题,他就会写信给爸爸的。"彼得说,"我们可管不了这事。"于是,他们就去敲教授书房的门。教授说了声"请进",便站起身来,找了椅子让他们坐下,并说他乐意听听他们的事。然后,他坐下来,将十指合拢,静静地听他们把整个故事讲完,没有插一句嘴。听完以后,他好长时间没有吭声。最后,他清了清嗓子,说了句所有人都意想不到的话:"你们怎么知道露茜说的就不是真的呢?"

"哦,可是……"苏珊刚想开口又停住了。从教授脸上的表情看,他是非常严肃的。不过,苏珊还是鼓起勇气,说:"但爱德蒙说,他们只是假装说说玩的。"

"可是,有个问题值得我们好好考虑一下。"教授说,"根据你们的经验——请原谅我提出这个问题——你们的弟弟和妹妹,哪个更可信一些?我是说,谁更诚实呢?"

"这个,要说起来,先生,"彼得说,"到现在为止,我应该说,露茜要比爱德蒙更诚实。"

"你又是怎么想的,我亲爱的孩子?"教授转过头来问苏珊。

"嗯,"苏珊说,"总的来说,我和彼得的看法一样。但所有那些关于森林和羊怪的故事都不可能是真的。"

"这我就不知道了。"教授说,"但是,你们竟然会指责一个你们都认为是诚实的人在说谎,这倒是一个非常严重的问题,确实是个非常严重的问题。"

"我们现在倒不是担心露茜在说谎,"苏珊说,"而是脑子出了问题。"

"你们是说她疯了?"教授非常冷静地说,"哦,这个你们很容易判断。你们只要看看她脸上的神色,再听听她讲话的方式,就知道她到底是不是真的疯了。"

"但是那……"苏珊欲言又止。她怎么也没有想到像教授这样的成年人会说出这样的话来,她都不知道该怎么办了。

"逻辑!"教授自言自语道,"为什么你们学校不教教你们逻辑呢?只有三种可能:要么你们的妹妹说了谎,要么她疯了,要么她讲的就是真话。你们知道她从来不说谎,很显然

第五章 回到橱门的这一边

她也没有疯。那么现在说来,除非有更充分的证据出现,否则我们只能假定她讲的是事实。"

苏珊仔细地望着教授,从他脸上的表情看,她可以肯定他没有和他们开玩笑。

"但是,这怎么可能呢,先生?"彼得问。

"为什么这么说呢?"教授反问道。

"嗯,首先,"彼得说,"假如那是真的,为什么不是每个人每次到衣橱里都能发现那个国家呢?我的意思是说,当我们朝衣橱里看的时候,我们什么也没有发现,甚至连露茜都没有装作她看到了什么。"

"这有什么关系呢?"教授说。

"嗯,先生。如果事情是真的,那它应该永远都是真的。"

"会吗?"教授问道。彼得不知该怎么说才好。

"但是露茜没有时间,"苏珊说,"即使衣橱里有这么个地方,她也没有时间到处跑。我们刚从空屋里出来,她就跟在我们后面了,那根本还不到一分钟,她却装作已经过去好几个小时了。"

"这倒是让她的故事听起来更像真的。"教授说,"如果这个房子里真的有扇门通往其他世界——我得提醒你们,这是个非常神秘的房子,就连我自己也对它了解甚少——如果她进入了另一个世界,而那个世界有着自己单独的时间,我并不感到奇怪。也就是不管你在那儿待多久,都不会占用我们世界太多的时间。换句话说,我不认为像她这样年龄的女孩,会自己

第五章 回到橱门的这一边

编造出这样的故事来。如果她想说谎,她就会在里面多藏一段时间,然后再出来讲她的故事。"

"但是,先生,你真的认为,"彼得说,"在这个房屋里有那样一个地方,比如说,就在一个拐角处,可以通往别的世界吗?"

"没有什么不可能的。"教授一边说,一边摘下眼镜,开始擦起来。与此同时,他喃喃自语着:"我都奇怪,老师在学校里到底教了你们些什么?"

"但是我们该怎么做呢?"苏珊说,她感觉整个谈话都已经偏离了主题。

"我亲爱的小姐,"教授突然抬起头来,用一种非常严肃的表情望着他们说,"有一个计划,你们谁也没有提起过,不妨试一试。"

"什么计划?"苏珊问。

"好了,我们还是别多管闲事了,做自己的事去吧。"教授说。教授的话没有说完,孩子们不知道为什么,看来教授已经不想再说下去了。孩子们也明白,他们不是像露茜一样的小孩子了,所以这次谈话也就这么结束了。在这之后,事情有了好转。彼得看到,爱德蒙已不再嘲笑露茜了,露茜和其他人也不愿再提衣橱的事。因为那已经成为了一个让人感到十分不快的话题。所以,在相当长的一段时间里,一切奇遇似乎都已成过去,但是孩子们并不知道更大的冒险正在等着他们。

教授的房子——就连教授自己都知之甚少——这个房子是

如此古老，如此闻名，以至于英国各地的人常常来访并要求参观一下。这房子在旅游指南甚至在历史书上，都有所记载，以各种各样的故事形式被提及，其中有些故事甚至比我现在给你们讲的还要奇怪。每当观光的人要求进来参观的时候，教授总是会答应他们。之后，女管家麦克雷迪会带着他们到各处转转，给他们介绍图画、盔甲以及图书馆里那些稀有的书籍。麦克雷迪不是很喜欢孩子，当她给客人们滔滔不绝地讲述她所知道的各种故事时，她不喜欢别人插嘴。几乎在孩子们来的第一天早上，她就向苏珊和彼得说（她还说了许多其他的规矩）："请记住，当我带着客人参观房子的时候，你们要主动回避。"

"就好像我们有人会愿意浪费大半个早晨，跟在一群陌生的大人后面似的。"爱德蒙说。其他三人也是这么想的。

几天之后的一个早晨，彼得和爱德蒙正在看着那副盔甲，想试着把它拆卸下来。就在这时，两个女孩冲进屋里说："小心，麦克雷迪带着一群人过来了！"

"赶快！"彼得说。四个人很快就从房间另外一头的门溜掉了。当他们从里面跑出来，穿过休息室又跑进图书馆时，他们突然听到前面有说话的声音，意识到麦克雷迪一定是带着她的观光队从后面的楼梯走了上来，而没有像他们预料的那样走前楼梯。之后，不知是他们昏了头，还是麦克雷迪正要来抓他们，或是这房子的魔力再次显现，要把他们赶向纳尼亚，他们发现那些人似乎在到处跟随着他们。最后，苏珊说："哦，这些游客太烦人了！我们还是先到衣橱里躲一躲，等他们走了以

第五章 回到橱门的这一边

后再出来。谁也不会跟我们到那儿去的。"但是,他们刚一进屋,就听见过道里有声音,接着又听到有人在摸门。最后,他们看到门把手被拧开了。

"快!"彼得说,"没有其他地方可待了!"说着,他猛地拉开了衣橱门,四个人一拥而入,坐在黑暗中喘着粗气。彼得带上了衣橱门,但没有关紧。因为,像每一个明智的人一样,他知道,一个人不应将自己永远关在衣橱中。

第六章
进入森林

"我希望麦克雷迪快点儿把这些人带走。"苏珊马上说,"我的腿都抽筋了。"

"樟脑丸的气味可真难闻!"爱德蒙说。

"为了赶走飞蛾,"苏珊说,"我猜这些外套的口袋里都装满了樟脑丸。"

"好像有什么东西戳到我的后背了。"彼得说。

"你们没有感觉到很冷吗?"苏珊问。

"你这么一说,我确实感到有点冷。"彼得说,"真该死,这里还很潮湿。这地方到底怎么了?我正坐在某种潮湿的东西上,而且感觉越来越潮湿。"说着,他一下子跳了起来。

"我们出去吧。"爱德蒙说,"他们已经离开了。"

"哦——!"苏珊突然叫一声,大家都问她怎么了。

"我正倚靠在一棵树下。"苏珊说,"看,那边有光。"

"天啊,还真是的!"彼得说,"再看那儿——还有那儿,到处都是树。而潮湿的东西就是雪。哎呀,我想我们进入了露茜所说的森林里了。"

第六章 进入森林

他们没有搞错。四个孩子全站在那儿。在冬日阳光的照耀下，雪在闪闪发光。他们眨着眼睛看着这个不一样的世界，就像刚刚出生的婴儿，睁着好奇的眼睛打量着从未见过的世界。在他们的身后，是挂在衣钩上的外套；而在他们前面，是冰雪覆盖的树木。冰晶一样的森林如此美丽。

彼得突然愣了一下，像是想到了什么，立即转向露茜说："我很抱歉，以前不相信你，我们可以握手言和吗？"

"当然。"露茜一边笑着说，一边和彼得握手。露茜并不是什么小气的人。

"现在，"苏珊说，"我们下一步该怎么办？"

"怎么办？"彼得说，"还用说吗，当然是在这个森林中探险了。"

"啊！"苏珊跺着脚说，"这里太冷了，我们还是把衣橱里这些挂着的外套都穿上吧！"

"可这些衣服不是我们的。"彼得犹豫不决地说。

"我相信没有人会介意的。"苏珊说，"我们又不是把它们带到屋外去，我们甚至都没有把它们带出衣橱。"

"我倒没想到这点。"彼得说，"你这么一说，我看当然可以。只要我们用完这些外套，再放回衣橱里，就不会有人说我们偷衣服了。我想，这里的整个国家就处在衣橱中。"

于是，他们立即执行了苏珊的这个明智的计划。这些外套穿在他们身上实在太大了，以至于都拖到了他们的脚后跟，就像是贵族的长袍一样。但他们都感到暖和多了，相互打量着，都觉得对方的装束显得比以前更好看了，而且也与周围的冰雪景色相呼应。

"我们可以装成是北极探险者。"露茜说。

"不用装，这已经够令人兴奋的了。"彼得一边说，一边带领着大家朝森林前进。天空忽然乌云密布，似乎在傍晚前还要下一场雪。

"要我说，"爱德蒙终于开始说话了，"如果我们要往路灯那边去的话，我们就应该向左边走一点儿。"他一时忘记了，他必须装作以前从未来过这个森林。话已经说出了口，他才意识到自己露馅儿了。大家都停了下来，全部盯着他。彼得吹了一声口哨。

"你确实来过这儿。"彼得说，"上次露茜说她在这儿碰见过你，而你却装作一副她在说谎的样子。"接着是一片死寂。"唉，你为什么会变得这么恶毒呢？"彼得一边说，一边耸了耸肩，然后就没有再说什么了。看上去也确实没有什么可说的了。过了一会儿，四个人又开始了他们的旅程。但爱德蒙却在心里暗想：我会让你们付出代价的，你们这些高傲自满的伪君子。

"我们到底要去哪儿？"苏珊问道。她这样说，主要是为了转移话题。

"我想，应当让露茜做向导，"彼得说，"只有她配做向导。露茜，你打算把我们带去哪里？"

"我们去见见图姆纳斯先生，怎么样？"露茜答道，"我

第六章 进入森林

和你们说过的,他是个善良的羊怪。"

　　大家都同意这个建议,于是出发了。他们一边轻快地走着,一边跺着脚。事实证明,露茜确实是个好向导。刚开始,她还担心自己找不到路,但走着走着,她认出了一棵长得奇形怪状的树,后来又认出了一个树桩,终于把大家带到了一个崎岖不平的地方,然后进了一个小山谷,最后到了图姆纳斯先生的洞口。

　　但等待他们的却是一副十分可怕的景象,他们都惊讶不已。

　　门已从铰链上被扭落下来,并且碎成好几截。洞里又黑又冷,让人感觉潮乎乎的,满是霉味。看来,这个地方已经有几天没有人住了。雪从洞口吹进来,堆积在地面上,里面还混杂着一些黑色的东西。走近一看,是烧剩的木棍和炭灰。很显然,有人把这里点燃了,然后火又被人踩灭了。陶罐被打碎在地上,半羊人父亲的画像也被人用刀子砍成了碎片。

"这里已经被洗劫一空了,"爱德蒙说,"来这儿有什么好的?"

"这是什么?"彼得一边说一边弯下腰去。他发现地毯上钉有一张纸。

"上面写了什么?"苏珊问。

"上面好像有字。"彼得回答,"但这儿太暗了,我看不清楚。我们还是拿到外面看吧。"

于是,他们跑到了洞外,围在彼得的身边听他念:

这所房子的前主人羊怪图姆纳斯,已遭到逮捕等待审判,罪名是反对纳尼亚女王、凯尔帕拉维尔城堡的女主人、孤岛女皇杰蒂丝陛下,庇护女王陛下的敌人,窝藏奸细,与人类为友。

女王陛下万岁!

秘密警察队长毛格里姆

听完后,孩子们你看着我,我看着你,不知道该说什么。从这纸上的内容来看,他们并不受欢迎,所有的人类都不受欢迎,他们像是来到了一个可怕的地方。

"我都不知道,我到底喜不喜欢这个地方。"苏珊说。

"这个女王是谁,露茜?"彼得问,"你了解她的情况吗?"

"她根本就不是真正的女王。"露茜回答说,"她是一个

第六章 进入森林

可怕的女巫,就是那个白女巫。森林中所有的人都讨厌她,因为她给整个纳尼亚施了一种咒语,所以这里一年到头都是冬天,却没有圣诞节。"

"我在想我们还有没有必要再待在这里。"苏珊说,"我是说,这里看上去不是很安全,而且也没什么好玩的。天气变得越来越冷,我们又没有带什么东西吃。我看,我们还是回家好了。"

"可是,我们不能回去,我们不能回去!"露茜喊道,"你们难道没有看到吗?我们不能就这么回家,至少不能在这种情况下回去。都是因为我,可怜的半羊人才遇到了这样的麻烦。他把我藏了起来,不让女巫知道,还告诉我回去的路。这张纸上说他庇护女王的敌人、与人类为友就是指这些。我们得想办法去救他。"

"连食物都没有,"爱德蒙说,"我们能做什么!"

"快闭上你的嘴!"彼得说,他仍然在生爱德蒙的气,"你怎么看,苏珊?"

"露茜说得没错。"苏珊说,"虽然我一步也不想走了。哎,如果我们没有来这里该多好呀。但是,我想,我们必须得为那位先生做点儿什么——不管他叫什么名字——我指的是那个羊怪。"

"我也是这么想的。"彼得说,"我也担心我们在这儿没有东西吃,我本想回去拿点儿食物再来。但是,我们一旦出去,恐怕就再也进不来了。所以,我想我们得继续赶路。"

"我也这么想。"两个女孩异口同声。

"但愿我们能够找到那个可怜的人被囚禁的地方。"彼得说。

当所有人都在考虑着下一步该怎么办的时候,露茜惊奇地叫道:"看!那里有一只知更鸟。它的胸脯真红。它是我在这儿见过的第一只鸟。我在想纳尼亚的鸟儿会不会讲话,它看起来好像要对我们说些什么呢。"然后,她转过身面对着知更鸟说:"请问,你知道图姆纳斯先生被带到哪里去了吗?"她一边说,一边又朝着鸟儿走近了一步。鸟儿立即飞了起来,不过它只是落在另一棵树上。它停在那里,紧紧地盯着他们,就好像它懂得他们在说什么似的。四个孩子几乎把什么都忘了,他们又一起向它走近了一两步。突然,知更鸟又飞到了另外一棵树上,仍然紧紧地盯着他们。(你找不到哪只知更鸟的胸脯比它更红、眼睛比它更亮。)

"依我看,"露茜说,"我想它就是要我们跟着它。"

"我也是这么想的。"苏珊说,"你怎么看,彼得?"

"嗯,我们可以试一试。"彼得说。

那知更鸟好像完全理解似的,它不断地从一棵树飞到另一棵树,总是飞落在他们前面几米远的地方,使他们很容易就跟上。就这样,它引着他们慢慢走下了山坡。它每停一下,树枝上就掉下一阵雪来。不久,他们头顶上的乌云散开了,冬日的太阳也出来了,发出了耀眼的光亮。他们就这样一直走了大概半个小时,两个女孩始终走在前面。这时,爱德蒙对彼得说:"如果你们不这么高傲,我可以告诉你们一些事情,你们最好听听。"

"说什么?"彼得问。

第六章 进入森林

"嘘,小声点儿,"爱德蒙说,"别吓到那两个女孩子。你有没有意识到我们在干什么?"

"干什么?"彼得压低了声音问。

"我们正跟随着一个我们并不了解的向导。我们怎么知道那只鸟站在哪一边?说不定它会把我们带到陷阱中。"

"这是个荒唐的想法。在我读过的所有的故事中,知更鸟都是善良的鸟。我相信知更鸟不会站在错误的一边。"

"就算是这样,那么哪一边才是正确的呢?我们又怎么知道羊怪是正确的,而女王(是的,我们都知道她是个女巫)是错误的呢?我们实际上并不是真的了解情况。"

"半羊人救了露茜。"

"那是露茜自己说的,但我们怎么知道是不是这样呢?而且,还有另外一件事情,谁知道从这里怎么走回家?"

"天哪!"彼得说,"我还真没有想过!"

"而且,我们也不可能吃午餐了!"爱德蒙说。

第七章
和海狸在一起的一天

正当两个男孩还在后面小声说话的时候,两个女孩突然"啊"的一声停下了脚步。"那只知更鸟,"露茜喊道,"那只知更鸟飞走了!"它真的飞走了,一点儿踪影也看不到了。

"现在我们该怎么办?"爱德蒙说,他给彼得使了个眼色,那眼神就好像在说,"看,我说得没错吧!"

"嘘,你们看!"苏珊说。

"什么?"彼得问。

"那儿靠左边一点,有个东西正在树与树之间移动着。"

他们拼命睁大眼睛,朝苏珊指示的方向看,大伙都有点儿紧张。

过了一会儿,苏珊说:"看,它又动了。"

"我也看到了。"彼得说,"它还在那儿,刚跑到那棵大树后面了。"

"那是什么?"露茜问道,努力装出不害怕的样子。

"不管那是什么,"彼得说,"它正在躲着我们,不想让我们看到它。"

第七章 和海狸在一起的一天

"我们回家吧。"苏珊说。这时,尽管谁也没有大声说出来,但每个人都突然意识到刚才爱德蒙小声和彼得说的话应验了,他们迷路了。

"它是什么样子的?"露茜问。

"它是一种动物。"苏珊说,然后她又说,"看!看!快!就在那儿。"

这一次大家都看到了,一张长满胡子的毛茸茸的脸正在一棵树后面看着他们。但这一次它并没有立即缩回去,而是用爪子对着嘴巴,就好像人把手指头放在嘴唇上,示意别人要安静一样。然后,它又消失了。孩子们都站在那儿,屏住了呼吸。

片刻后，这个奇怪的动物又从那棵树后面出来了，朝四周看了一下，就好像害怕有人在注视似的，向他们"嘘"了一声，并打手势，招呼所有人到它所在的那块密林中去，然后它又消失了。

"我知道那是什么。"彼得说，"那是只海狸，我看到它的尾巴了。"

"它想要我们过去。"苏珊说，"它警告我们不要发出声音。"

"我知道。"彼得说，"问题是我们要不要过去？露茜，你怎么看？"

"我看这只海狸挺不错。"露茜说。

"但我们怎么知道呢？"爱德蒙问。

"我们不该冒个险吗？"苏珊说，"我是说，光站在这儿也没什么好的。我想该吃午餐了。"

此刻，海狸又突然从树后探出头来，诚恳地朝他们点头示意。

"快点！"彼得说，"我们得试一试。我们靠近一点，就算海狸是个敌人，它也不是我们的对手。"

于是，四个孩子紧紧靠在

第七章 和海狸在一起的一天

一起,朝着那棵树走了过去。然后,他们发现了那只海狸。但他仍然后退着,并压低嗓音用一种嘶哑的声音说道:"再往里走一些,再往里,到我这来,外面不安全!"

他把他们一直带到一个非常阴暗的地方。在那里,有四棵树紧挨在一起,树枝与树枝严密地交织着,以至于雪根本落不下来。地面上可以看到褐色的泥土和松针。直到这个时候,海狸才开始讲话。

"你们是亚当的儿子和夏娃的女儿吗?"他问。

"是的。"彼得答道。

"嘘——"海狸说,"小声点儿,即使在这里,我们也还是不安全。"

"为什么,你怕谁?"彼得说,"这儿没有人,只有我们几个人。"

"这里还有树。"海狸说,"他们总是竖着耳朵在听。虽然绝大多数的树站在我们这边,但总有一些树会背叛我们站在她那边,你该知道我的意思。"他连着点了好几下头。

"说到站在哪一边的话,"爱德蒙说,"我们怎么知道你是朋友还是敌人呢?"

"请别见怪,海狸先生,"彼得解释说,"你看,我们彼此之间还不熟悉呢。"

"没错,没错。"海狸说,"这就是我的证据。"说着,他拿出一个白色的东西。所有的人都惊讶地望着它。直到露茜突然说道:"哦,当然,这是我的手帕,是我送给可怜的图姆纳斯先生的。"

"没错。"海狸说，"我可怜的同伴，他在被捕以前已经听到了风声，就把这手帕交给我。他说如果他出了什么意外，我必须得在这里与你们见面，并把你们带到……"说到这里，海狸的声音低得听不见了。他只是神秘兮兮地向孩子们点了点头，然后示意他们尽量靠近自己站着，以至于他们的脸都被他的胡子弄得痒痒的。他低声补充道："他们说阿斯兰正在活动，也许已经登陆了。"

现在，一种非常奇怪的事情发生了。这些孩子和你们一样，谁也不知道阿斯兰是谁。但海狸一提到阿斯兰，每个人身上就有一种异样的感觉。也许有时，你会在梦中遇到类似的事情。白天有人和你讲了一些新鲜事，到了梦中，这件事情的意义就大得出奇——不是导致一场可怕的噩梦，就是美好得无法用语言表达的好梦。那好梦使你终生难忘，巴不得重复做一次。现在的情况就是这样。一听到阿斯兰的名字，每个孩子都感到有个东西跳进了自己的心里。爱德蒙感到有一种莫名其妙的恐惧，而彼得则突然感到自己变得无所畏惧，苏珊感到就好像有一种芬芳的气息或一首美妙动听的乐曲在她身旁回荡。露茜呢，感到特别兴奋和喜悦，就像早上醒来，忽然意识到现在是假期或者夏季就从今天开始一样。

"图姆纳斯先生呢？"露茜说，"他在哪儿？"

"嘘——"海狸说，"这儿可不是说话的好地方，我得把你们带到一个真正可以说话的地方，然后再吃些午餐。"

第七章 和海狸在一起的一天

现在,除了爱德蒙之外,没有人再怀疑海狸了。而且,包括爱德蒙在内的每个人在听到"午餐"这个词后,都非常高兴。

因此,所有人都跟在这位新朋友的后面,急匆匆地走了起来。海狸的速度快得惊人,而且,他总是走在森林里树木最茂密的地方。就这样,他们走了一个多小时。当每个人都感到非常疲惫和饥饿的时候,他们前方的树木变得稀疏了,地面的坡度也开始变陡了。1分钟过后,他们走出了森林。头顶上是晴朗的天空,太阳依旧照耀着。就在下方,他们望见一片美丽的风光。

他们站在一个又陡又窄的山谷边上,要不是封冻,谷底准是一条汹涌澎湃的大河。就在他们脚下,有一条水坝穿河而过。他们一看见水坝,就猛地想到海狸很会筑坝,而且他们几乎可以肯定,脚下的这条水坝就是这位海狸先生筑的。他们也注意到,海狸的脸上露出一种特别谦虚的表情,就像你去参观人家的一个园地或阅读人家写的一本书时,你所看到的园丁或作者所常有的那种表情。苏珊说:"这条水坝筑得多好啊!"海狸先生这一次没有说"别出声",却连声说:"只不过是个小玩意儿!只不过是个小玩意儿!它还没有全部完成呢!"当然,海狸这样说只是出于惯常的礼貌。

坝的上游一侧,原来一定是个很深的水池,而现在一眼看去却是一片平坦的暗绿色冰池。坝的下游一侧要低得多,结的冰更多,但不像上游那样平滑,全部冻成了泡沫的形状,现出波浪起伏的样子。原来,在河流结冰以前,河水过坝以后就是这样飞奔而下,溅起无数的浪花。坝的一侧,原先漫水和过水的地方，现在成了一堵闪闪发光的冰墙，上面好像挂满了许多晶莹洁白的鲜花、花环和花冠。在大坝的中间，有一间十分有趣的小屋，样子就像一个巨大的蜂箱，这时，从屋顶的一个洞口，正冒着炊烟。所以你一看到它，特别是在肚子饿得咕咕叫的时候，就会立刻想到已经有什么东西煮在锅里了，肚子就会饿得更慌。

　　这些是其他三个孩子看到的，爱德蒙却注意到了其他的东西。顺着这条河流往下不远的地方，还有一条小河。小河从另外一个小山谷里流出来，和这条大河相汇合。顺着那个山谷往上看，爱德蒙看到了两座小山。他几乎能肯定，它们就是白女巫与他在灯柱那儿分开时所指的那两座小山。他想，那两座小山之间一定就是她的宫殿，离他大约1英里远。想到这，他又

第七章 和海狸在一起的一天

想起了土耳其软糖,想起了当国王("我不知道彼得有多喜欢?"他暗自问道),一个可怕的念头进入到他的头脑中。

"我们就要到了。"海狸先生说,"看来我的太太正等着我们呢。我来领路,但是你们要小心些,不要滑倒。"

坝顶相当宽,上面完全可以行走,但是对人类来说,终究是不方便的,因为上面覆盖着冰。另外,朝下看看,虽然结满了冰的水池一侧是平坦的,但另一侧,落差还是很大,有些吓人。海狸先生领着他们成一列行走到坝的中间。站在这里他们可以看到沿着那条河流向上有一条很长的路,沿着河流向下也有一条很长的路。他们一到坝的中间,就到了那间小屋的门口了。

"我们回来啦,太太。"海狸先生说,"我找到他们了。他们就是亚当和夏娃的儿女。"说着,他们都进了屋。

露茜走进屋,立刻听到了"咔嚓""咔嚓"的声音,紧接着她看到一个面容慈善的海狸老妈妈。她嘴里咬着一根线,正坐在角落里,忙

着踏缝纫机,那种"咔嚓""咔嚓"的声音就是从缝纫机上发出来的。孩子们一进屋,她就把手中的活儿停了下来,站起身来迎接他们。

"你们终于来啦!"她伸出两只满是皱纹的爪子说,"你们总算来啦!我从没有想到我在有生之年可以看到这一天!土豆煮在锅里,水壶也响了。哎,海狸先生,你应该给我们弄些鲜鱼回来才好!"

"好,我现在就去。"海狸先生回答着,提了一个水桶就走出了屋子,彼得也跟他一起走了。他们越过结满冰的深池,来到一个地方,这儿的冰上有一个小窟窿,这是海狸每天用斧子凿开的。

海狸先生静静地坐在洞边上(他似乎根本没有在乎天这么冷),目不转睛地注视着洞里的河水。突然,他闪电般伸出爪子,一下子就逮住了一条漂亮的鳟(zūn)鱼。就这样,他一连逮了好几条鱼。

与此同时,女孩们帮助海狸太太把水壶灌满,摆放餐桌,切面包,热菜,又从屋角的一个桶中替海狸先生倒出一大杯啤酒。最后,他们把煎锅放到炉子上,倒进油烧热。露茜觉得,海狸夫妇的家虽然完全不像图姆纳斯先生的窑洞,但也非常温暖舒适。这里没有书,没有画,他们睡的不是床,而是两个墙洞,看上去就像轮船上倚壁而设的地铺。屋顶下面挂着火腿和一串串洋葱,靠墙放着胶靴、油布、斧子、羊毛剪、铲、泥刀和其他运灰泥的工具,还有钓鱼竿、渔网和鱼篓。桌上的台布虽然

第七章 和海狸在一起的一天

粗糙，却很干净。

正当煎锅嘶嘶作响的时候，彼得和海狸先生拎着鱼回来了。海狸先生已经在外面用刀把鱼的内脏清理出来并洗干净了。你可以想象刚捕到的鲜鱼在煎锅中的味道有多香，饥肠辘辘的孩子们是多么想立马开吃，而在海狸太太说"我们马上好了"以前，他们已是饿得十分厉害了。苏珊把土豆滤干后又把它们放回炉口的空锅里去烤，露茜帮海狸太太把鳟鱼盛进盘中。这样，不到几分钟，大家就把凳子摆好，准备吃饭了（海狸家里除了放在灶边供海狸太太坐的特制的摇椅以外，都是三条腿的凳子）。有一罐子牛奶专门给孩子们喝（海狸先生只喝啤酒），桌子中间放着一大块深黄色的奶油，吃土豆的时候，奶油由每个人随意自取。孩子们都认为——我也同意他们——当你吃着半小时之前还活着、半分钟之前才刚刚出锅的鲜美的鱼时，你会感觉没有什么可以与它媲美。他们把鱼吃完后，海狸太太又出人意料地从炉子里拿出热气腾腾的黏糊糊的果酱卷儿来。同时，把水壶移到炉子上。所以，孩子们吃好果酱卷以后，茶就已经准备好了。孩子们喝了茶，又把凳子往后移动了一下，靠墙倚着，心满意足地舒了口气。

"现在，"海狸先生把空啤酒杯往旁边一推，把茶杯拿到面前说，"请你们等我抽袋烟，好吗？然后我们可以谈正事了。又下雪了。"他抬头望了望窗外，继续说道："这就更好了，雪一下，就不会有人来找我们了；而且，如果有人想跟踪我们，他也发现不了我们的任何足迹。"

第八章
午餐后发生的事

"现在,"露茜说,"请您告诉我们,图姆纳斯先生到底出了什么事?"

"哎,真糟糕。"海狸先生摇着头说,"那真是非常非常糟糕的事。毫无疑问,他被警察带走了。我是从一只鸟儿那里得知的,它亲眼看见他被带走。"

"那他被带到哪里去了?"露茜问。

"最后见到他们的时候,他们是朝北去的。大家都知道那意味着什么。"

"不,我们不知道。"苏珊说。海狸先生非常忧郁地摇了摇头说:"恐怕他们把他带到白女巫的住所去了。"

"他们要怎样对待他,海狸先生?"露茜喘着气问。

"唉,我也说不好,但被抓去的能够出来的不多,全被变成了石头雕像。据说,在她的院子里、楼上、厅堂里堆满了石头雕像。她把他们变成……"他停了一下,然后颤动着说,"变成了石头。"

"但是,海狸先生,"露茜说,"我们难道不能——我是

说我们应该做些什么去救他。那太可怕了,而且,都是因为我他才会这样。"

"可爱的宝贝们,我不怀疑,如果你们能有办法的话,你们可以救出他。"海狸太太说,"但是,你们不可能强行进入白女巫的住所,然后活着出来的。"

"我们能不能用些计谋呢?"彼得说,"我的意思是,我们打扮成小贩或其他什么人,然后一直在外面盯着,直到她出来后,我们再行动,或者……换个其他办法,总会有办法的。这个半羊人冒着生命危险救了我妹妹,海狸先生,我们怎能不管他,让他遭受痛苦呢?"

"没有用的,亚当的儿子。"海狸先生说,"你们的这种尝试是没有用的,现在阿斯兰已经采取行动了……"

"哦,对了,给我们讲讲阿斯兰!"几个人异口同声说道。说到阿斯兰,他们又有了那种奇怪的感觉,那种春天降临、听到好消息的美妙感觉又发生了。

"谁是阿斯兰?"苏珊问。

"阿斯兰?"海狸先生说,"为什么这么问,你们还不知道吗?他就是纳尼亚的国王,整个森林的领导者,但他不经常在这儿。在我父亲的一生和我的一生中,他都没有出现过。但有消息说,他已经回来了,现在就在纳尼亚。他会把白女巫消灭掉。所以,能够救出图姆纳斯先生的是阿斯兰,不是你们。"

"她不会把他也变成石头吧?"爱德蒙说。

"乖乖,亚当的儿子,你怎么说出这么幼稚的话!"海狸

第八章 午餐后发生的事

先生哈哈大笑地说道,"把他变成石头?如果她敢站在他面前,正视他一眼,我就已经觉得了不起了。他还会整顿整个森林王国,就如同一首古老的诗歌中所写的那样:

> 当阿斯兰出现,
> 是非颠倒的现象会改变;
> 当他发出咆哮,
> 悲伤痛苦会结束;
> 当他露出锋利的尖牙,
> 漫漫严冬会消失不见;
> 当他抖动鬃毛,
> 我们会重睹春天。

你们见到他就知道了。"

"我们可以见见他吗?"苏珊问道。

"当然了,夏娃的女儿,这就是我把你们带到这里来的原因。我会把你们带到和他会面的地方。"海狸先生说。

"他,他是人类吗?"露茜问。

"阿斯兰是人?"海狸先生严肃地说,"当然不是了。我说过,他是森林之王,是海外大帝之子。你不知道谁是百兽之王吗?阿斯兰是一头狮子——狮子,伟大的狮子。"

"哦!"苏珊说,"我还以为他是人呢。他会伤人吗?去见一头狮子,我会感到非常紧张。"

"亲爱的，毫无疑问，你们会感到紧张。"海狸太太说，"如果有谁出现在阿斯兰面前，两膝不发抖，不是因为他英勇，就是因为他是个傻瓜。"

"这样说来是不是太吓人了？"露茜说。

"害怕吗？"海狸先生说，"你没有听见海狸太太说的话吗？他当然会叫人望而生畏，但他是善良的。因为他是国王。"

"即使我见到他会感到害怕，我还是渴望去见他。"彼得说。

"没错，亚当的儿子，"海狸先生说，他用爪子猛地拍了一下桌子，震得满桌的杯子和碟子都叮当直响，"你们应该去见见他，我已经得到口信，说他会去见你们。如果可能的话，就定在明天，在石桌那里。"

"石桌在哪儿？"露茜问。

"我会带你们去的。"海狸先生说，"它就在这条河的下游，离这儿很远，我会带你们过去的。"

"可是可怜的图姆纳斯先生该怎么办？"露茜问。

"你们能帮助他的最好办法就是去找阿斯兰。"海狸先生说，"只要他和我们在一起，我们就可以采取行动了，但这并不是说我们不需要你们，因为还有几行古老的诗句：

一旦亚当的亲骨肉登上
凯尔帕拉维尔的王位，
罪恶的时代就会一去不复返。

第八章 午餐后发生的事

所以,阿斯兰来了,你们也来了,一切都可以结束了。我们很久以前——没人知道是什么时候——我们就听说阿斯兰到过这一带,但却从来没有人类来过这里。"

"这我就不懂了,海狸先生。"彼得问,"我的意思是,女巫难道不是人吗?"

"她当然希望我们相信她是人类,"海狸先生说,"所以她才自封为女王,但她根本不是夏娃的女儿,她是你父亲亚当的……"说到这里,海狸先生鞠了一躬,"第一任妻子李丽斯生的,李丽斯属于精灵,这是一方面。而另一方面,她是李丽斯和巨人所生的,她身上流着巨人族的血。所以,在这个女巫身上,没有一滴真正人类的血液。"

"怪不得她一直这么坏,海狸先生。"海狸太太说。

"对极了,太太。"他答道,"人类有好人也有坏人(我不想冒犯在座的各位),但那些看起来像人类而不是人类的东西,肯定是坏蛋。"

"我认识善良的矮人。"海狸太太说。

"我也认识。"海狸先生说,"但真正善良的极少,他们最不像人类。总而言之,听我的劝告,当你们遇见任何想变成人而还没有变成的,或过去曾经是人而现在不是的,或本应是人但却不是的,你们都必须要提高警惕,随时准备好你们的斧子。白女巫总是害怕纳尼亚会出现人类,她提防你们都好几年了。如果她知道你们四个都在这儿,她会变得更加可怕。"

"这是为什么呢?"彼得问。

"这就要说到另一个预言。"海狸说,"在凯尔帕拉维尔,也就是这条河入海口附近的那个城堡。它本应该是整个国家的首都,那儿有四个国王的宝座。很久以前,谁也记不清是什么年代了,在纳尼亚有个传说,一旦亚当的两个儿子和夏娃的两个女儿坐上这四个王位,那么不仅会结束白女巫的统治,而且连她的命都保不住。这就是刚才我们来的路上为什么要这么小心的原因,因为如果被她发现,她杀死你们就像我抖抖胡子这么容易。"

孩子们一直聚精会神地听着海狸先生说话,以至于好长时间他们都没有去注意其他情况。海狸先生说到最后,大家都寂静无声。露茜突然说道:"我得说,爱德蒙去哪儿了?"

先是一阵可怕的沉默,然后大家都开始问道:"谁最后看见他了?他离开多久了?他是不是出去了?"接着,大家纷纷冲到门外并向外张望。外面大雪纷飞,水池中绿色的冰面已经不见了,被盖上了一条厚厚的雪毯。他们的小屋就位于水坝的正中央,站在小屋的门口,你几乎看不见两边的河岸。他们在房子的周围四下寻找着,脚踝深陷在柔软的雪中。"爱德蒙!爱德蒙!"他们拼命喊着,直到嗓子都喊哑了。但是,他们的声音似乎全被静静下着的大雪淹没了,甚至连一点儿回声也听不见。

最后,他们绝望地回到屋里。"太可怕了!"苏珊说,"如果我们不到这里来该多好呀。"

"我们究竟该怎么办呢,海狸先生?"彼得问。

第八章 午餐后发生的事

"怎么办？"海狸先生说，他已经穿上了雪地靴，"怎么办？我们必须马上出发，我们一点儿时间也不能耽误！"

"我们最好分成四个搜寻小组，"彼得说，"朝四个不同的方向去找，不论谁找到他，都必须回到这儿来，还有……"

"搜寻小组，亚当的儿子？"海狸先生问，"干什么去？"

"干什么？当然是去找爱德蒙了！"

"没有必要去找他。"海狸先生说。

"什么意思？"苏珊说，"他还没走多远。我们得把他找回来。你说没必要去找他，是什么意思？"

"之所以没有必要去找他，"海狸先生说，"是因为我们已经知道他到哪儿去了！"大家一听，都惊讶地瞪起了眼睛。"你们难道还不明白吗？"海狸先生说，"他去找白女巫了，他背叛了我们。"

"哦，不可能，我不相信！"苏珊说，"他是不会这么做的。"

"他不会吗？"海狸先生紧盯着三个孩子问。孩子们的话刚到嘴边又咽了回去，突然间他们每个人的心里都确定，爱德蒙总是爱干这种事。

"但他认得路吗？"彼得说。

"他之前来过纳尼亚吗？"海狸先生问，"他有没有一个人来过这里？"

"是的，"露茜低声说，"恐怕他来过。"

"他有没有告诉你们，他做了什么或者遇到了谁？"

"没有。"彼得说。

"那么，听我说，"海狸先生说，"他已经见过白女巫，并且已经加入到她那一边了，他也知道她住在哪儿。之前，我并没有讲，因为他是你们的兄弟，但我一看到你们这位兄弟，我就知道他不可靠。因为他脸上的表情，是那些和女巫在一起并吃过她东西的人都会有的表情。如果你们在纳尼亚的时间足够长，你就能根据他们的眼神，把他们辨别出来。"

"尽管如此，"彼得哽咽地说，"我们必须去找他，他毕竟是我们的兄弟，虽然他有些让人讨厌，但他只是个小孩。"

"去女巫家吗？"海狸太太说，"你们难道还不明白，救他或者救你们自己的唯一办法就是远离她吗？"

"你这是什么意思？"露茜说。

"哎呀，她一心想的就是把你们四个全部抓到，她一直想着凯尔帕拉维尔的四个王位。一旦你们四个人全到了她的家里，她的任务就完成了。还没等你们四个开口，她就会把你们变成四座新的石像，收藏起来。但是，如果她只抓住他一个人，她就会让他活着，因为她要把他作为诱饵，来引诱你们上钩。"

"啊，难道没有人能帮助我们吗？"露茜哭了起来。

"只有阿斯兰。"海狸先生说，"我们必须去见他，这是我们眼下唯一的办法。"

"亲爱的孩子们，对于我们来说，"海狸太太说，"要紧的就是知道他是什么时候溜走的。他能告诉女巫多少，取决于他听到了多少。比如，在他离开之前，我们是否已经谈到阿斯兰？如果没有，那么我们接下来就会进展顺利，因为她不会知道阿

第八章 午餐后发生的事

斯兰已经来到了纳尼亚，也不知道我们将去见阿斯兰，我们就可以趁其不备采取行动。"

"我记不清我们在谈论阿斯兰时，他是不是在这儿……"彼得说，但露茜打断了他的话。

"哦，是的，他在的。"她很难过地说，"你们难道不记得，就是他问了女巫能不能把阿斯兰也变成石头吗？"

"天啦，就是他。"彼得说，"他一定会把这件事告诉女巫的！"

"更糟糕的是，"海狸先生说，"还有一个问题，当我告诉你们，我们要在石桌会见阿斯兰时，他是否还在？"

当然，没人知道这个问题的答案。

"因为，如果他在的话，"海狸先生继续说，"那么，女巫知道了这一情况，就会驾着雪橇直奔石桌，挡在我们和石桌中间，在半路上抓住我们。事实上，我们和阿斯兰的联系将会被切断。"

"但是这并不是她首先要做的事。"海狸太太说，"我想她不会那样做。爱德蒙一旦告诉她我们都在这儿，她今晚就会到这里来抓我们。假如他是半小时以前溜走的，再过20分钟，白女巫就会赶到这儿来了。"

"你说得对，太太，"海狸先生说道，"我们必须逃离这里，现在我们没有时间浪费了！"

第九章
在女巫家

当然,你们一定都想知道爱德蒙怎样了。他吃完了自己的那份午餐,但他并没有像其他人那样吃得津津有味。因为他时时刻刻都在想着土耳其软糖——回想起施过魔法的食品,再美味的普通食品都让他觉得没胃口。并且,他们的谈话,也让他打不起精神,因为他总是在想其他人都不理他、轻视他。其实并非如此,都是他想象出来的。然后,他就一直听着,直到海狸先生告诉他们有关阿斯兰的事,有关在石桌和阿斯兰见面的整个安排。也就是在那时,他开始悄无声息地移动到挂在门上的帘子下。因为一提到阿斯兰,他就有一种神秘而恐怖的感觉,正如其他人听到这个名字就有一种神秘而可爱的感觉一样。

就在海狸先生复述着"亚当的骨肉"那首押韵诗的时候,爱德蒙已轻轻转动了门把手;在海狸先生告诉他们白女巫根本不是真正的人类,而是半精灵半巨人之前,爱德蒙已经走到外面的雪地中,并小心翼翼地关上了身后的门。

尽管如此,你们也不要认为,爱德蒙真的坏到想让他的兄弟姐妹被女巫变成石头。他确实想吃土耳其软糖,也想当王子

第九章 在女巫家

（将来再变成国王），还想教训一下彼得，谁让他叫自己是坏蛋。至于女巫会怎样对待他们，他不想让她对他们太好——当然不能让他们和自己处在同一个等级上——但他设法让自己相信，或者是假装相信，她不会对他们太坏。"因为，"他暗自说道，"凡是说她坏话的人都是她的敌人，或者那些坏话里有一半都是假的。不管怎样，她对我非常好，比他们对我要好多了。我认为她是一个合法的女王。至少，她比那可怕的阿斯兰要好！"无论如何，这就是他脑子里为自己所干的事找的借口。不过，在他内心深处，他其实知道白女巫又坏又残忍。

当他走出门外，看到外面正在下雪，他首先意识到自己的外套落在了海狸夫妇的家里了。当然，他已经没有机会再回去取衣服了。然后他又意识到白天已经结束，因为他们坐下来吃午饭的时候已经快3点了，而冬天的白昼又比较短。但他刚才并没有考虑到这一点，所以现在只能将就了。于是，他竖起衣领，拖着脚步，穿过堤坝顶部（幸亏下了雪，上面没有那么滑），向

远方的另一条河走去。

当他到了远方的另一条河后,情况就更不妙了。天越变越黑,再加上雪花围着他打转,他连前方3英尺开外的东西都看不清。而且,这里没有路,他总是滑到深深的雪堆里,滚到结了冰的水潭里,绊在倒下的树干上。从陡峭的河岸上滑下去,小腿在岩石上擦破了皮,弄得浑身又湿又冷,到处是伤。寂静和孤独是可怕的。事实上,要不是他偶尔对自己说"等我当上纳尼亚的国王,我首先要做的就是修几条像样的公路",我真以为他可能会放弃整个计划,回去认个错,并跟大家和好呢。当然,这句话让他想到当国王以及将来要干的一切事情,让他打起了精神。他在脑子里想着自己会有什么样的宫殿,有多少车,以及种种有关私人电影院的事,主要的铁路会往哪里开,他会针对海狸和堤坝制定什么法律加以限制,还把不准彼得乱说乱动的计划做了最后修改。这时变天了。先是雪停了,接着刮起一阵风,周围顿时冷得要命;最终,云散了,月亮出来了。那是一轮满月,照耀在这白雪上,反射着光,使得周围几乎跟白天一样亮——只有那些阴影把他搞得晕头转向。

在他到达另一条河(就是他们刚到海狸夫妇家时,他看到的那条小河。小河汇入下游的大河。)的时候,要不是因为月亮出来了,他根本就找不到路。现在他走到这条小河边,然后转身沿着小河一直往上游走。但这条小河汇入源头的小山谷比他刚刚离开的那个山谷更陡峭,岩石更多,而且到处都是枝叶丛生的灌木。因此,他在黑暗中走得特费劲,全身都弄得透湿,

第九章 在女巫家

因为他得弯着腰在树枝下走,大块大块的雪都滑到了他的背上。每当这时,他就越来越恨彼得——就好像这一切都是彼得的过错。

他终于走到一块比较平坦的地方,山谷也开阔起来。也就在那里,小河的对岸,离他很近的地方,在两座小山之间有一块小平原。在平原的正中央,他看见了那幢必定属于白女巫的房子。月亮看起来比任何时候都更明亮。那幢房子其实是一座小城堡,看上去全是塔楼。小小的塔楼上面是又长又尖的顶,看起来就像针尖一样锋利,又像是笨蛋学生或巫师戴的尖角帽。在月光的照耀下,塔楼那长长的影子在雪地上显得非常古怪!爱德蒙开始对这房子害怕起来了。

不过,现在想转身回去也太晚了。

他穿过河上的冰面,一直朝那幢房子走去。周围一片死寂,没有一点儿动静,连他自己的脚踩到刚下的深深的雪里都没有发出声音。他走啊走啊,走过一个又一个墙角、一个又一个塔楼去找门。他绕了一大圈才找到门。那是座巨大的拱门,但大铁门却是敞开着的。

爱德蒙蹑手蹑脚地走到拱门前,朝院子里望了望,眼前的一幕差点让他的心都停止了跳动。就在大门里面,在月光的照耀下,他看见一头大狮子蹲伏在那里,就好像准备跳起来似的。爱德蒙站在拱门的阴影里,两膝直打哆嗦,他又怕走进去,又不敢走回来。他在那儿站了很久,就算他的牙齿不是吓得打战也早已冷得打战了。我不知道他在那儿到底站了多久,不过对爱德蒙来说,似乎过了好几个小时。

然后,他终于想知道那头狮子为什么会站在那一动不动——自从他看见它之后,它就没有动过一下。爱德蒙又冒险向前走了一点儿,但仍然尽量躲在拱门的阴影里。他发现狮子根本不可能看到自己。("但如果它转过头来该怎么办?"爱德蒙心想。)

第九章 在女巫家

事实上,它正盯着另外一个体形较小的东西——也就是一个小矮人,他背对狮子,站在大约4英尺外的地方。

"啊哈!"爱德蒙想,"当它扑到小矮人身上的时候,我就有机会逃跑了。"但狮子依然一动不动,小矮人也一样。此时,爱德蒙终于想起其他人说过,白女巫可以把人变成石头。也许这只是头石狮子吧。他一想到这点,就注意到狮子背上和头顶上都堆满了积雪。它一定只是个石像!因为没有哪个活着的动物会让自己身上积满雪的。然后,爱德蒙冒险慢慢地向狮子走去,他的心都快跳到嗓子眼儿了。即使到现在,他还是不敢上前去摸它,但最终他伸出手来迅速地摸了一下。那是冰冷的石头。原来,让他刚才一直担惊受怕的,只是个石像而已!

爱德蒙感到如释重负,尽管天那么冷,他突然感到从头到脚都暖和了起来。与此同时,他脑子里似乎有了个令他愉快的想法。

"也许,"他想,"这就是他们都在谈论的那头伟大的狮子阿斯兰吧。她已经把它抓住了,并变成了石头。这样,他们那些关于他的如意算盘全都落空了!呸!谁怕阿斯兰?"

他就这么站在那儿,幸灾乐祸地看着石狮子。然后,他干了一件非常孩子气的蠢事。他从口袋里掏出一支铅笔,在狮子的上唇画了一撇小胡子,然后又在它的眼周围画了一个眼镜。之后他说道:"呀!愚蠢的老阿斯兰!变成石头你觉得怎样?你不是自认为不可一世吗?"不过,尽管他在狮子脸上胡乱地涂画,那个巨大的石兽看上去仍然很可怕,又伤心,又高贵,目光仰望着月光。尽管爱德蒙不停地嘲笑着狮子,但他并没有因此真正很开心。于是,他转过身,开始穿过院子往里走。

爱德蒙刚走到院子中央,就看见更多的石像——到处都是,就好像是一盘下了一半的棋子一样。有石头的森林神,石头的狼、熊、狐狸和山猫。还有些可爱的石头,看上去像女人,但实际上是树精。有一个大石像形状像人头马,还有一匹长着翅膀的马,还有一条长长的软体生物,爱德蒙认为那是一条龙。这些石像在明亮而冰冷的月光下显得那么古怪,那么栩栩如生,而且完全静止不动,以至于穿过院子时,人会感到非常可怕。在院子的正中央站着一个巨大的人形石像,它有一棵树那么高,面相凶猛,长着蓬松的大胡子,右手拿着根大棒子。尽管爱德蒙知道这只不过是一个石头巨人而已,但他路过的时候依然会感到毛骨悚然。

这时,他看到院子一侧的门道透出一点暗淡的光。于是,爱德蒙走了过去。那儿有几级石阶,通往一扇敞开的门。爱德蒙走上石阶,只见门槛边卧着一条大灰狼。

"没关系的,没关系的。"他不停地自言自语,"那只不过是一只石狼而已。它不会伤害我的。"然后,他抬起一只脚就要跨过它。那只巨兽立刻站起来,背上的毛根根竖起,张开血盆大嘴,咆哮着说:"你是谁?你是谁?站着别动,陌生人,告诉我,你是谁!"

"劳驾您通报一声,先生,"爱德蒙吓得全身发抖,都快说不出话了,"我叫爱德蒙,我就是女王陛下前几天在森林里

第九章 在女巫家

遇见的那个亚当的儿子,我是到这儿来报信的,我的兄弟姐妹现在都在纳尼亚——离这里很近,就在海狸夫妇的家里。她——她想见见他们。"

"我会禀报女王陛下的。"那条狼说,"在此之前,如果你不想死的话,就站在门槛那儿别动。"说着,大灰狼就消失不见了。

爱德蒙站在那儿等着,他的手指冻得隐隐作痛,心怦怦直跳。不一会儿,那条大灰狼——毛格里姆,女巫的秘密警察队长就跳着回来了,他说:"进来吧!进来吧!幸运的女王宠儿——否则你就没那么幸运了。"

爱德蒙走了进去,小心翼翼地,生怕踩到狼爪上。

爱德蒙发现自己来到了一间有许多柱子的狭长而阴暗的大厅,这里和院子里一样,到处都是石像。离门最近的石像是一只小半羊人,他满面悲伤,爱德蒙不禁想,这是否就是露茜所说的那个朋友。大厅里只点了一盏灯,白女巫就坐在这盏灯旁边。

"我来了,女王陛下。"爱德蒙一边说,一边急匆匆地向前冲去。

"你竟敢一个人来?"女巫用可怕的声音说,"我不是告诉你,把其他人一起带来吗?"

"请别见怪,女王陛下,"爱德蒙说,"我已经尽了最大努力。我把他们带到了附近。他们就在河上堤坝顶上那座小房子里,跟海狸先生和海狸太太在一起。"

女巫脸上慢慢露出一丝冷酷的微笑。

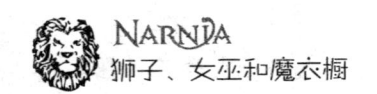

"这就是你全部的消息吗？"她问。

"不，女王陛下。"爱德蒙说，并开始把他离开海狸夫妇家以前听到的所有的事都告诉给了她。

"什么！阿斯兰！"女王叫道，"阿斯兰！这是真的吗？要是我发现你对我撒谎——"

"请别见怪，我只是在重复他们说过的话而已。"爱德蒙结结巴巴地说。

不过，女王已不再理他，而是拍了拍手。爱德蒙上次看到的那个跟着女王的小矮人马上又出现了。

"备好雪橇，"女巫命令道，"用没有铃铛的挽具。"

第十章
咒语开始破除

现在,我们得先回到海狸夫妇和其他三个孩子身上来了。海狸先生刚说完"现在我们没有时间浪费了",所有人都开始匆匆忙忙穿上大衣,只有海狸太太拿起一个个口袋,把他们放在桌子上,然后说道:"现在,海狸先生,把那块火腿拿下来。这是一包茶叶,这是糖,还有火柴。谁帮我从角落的瓦罐里拿出两三块面包?"

"你在干什么呀,海狸太太?"苏珊大声说道。

"给我们每个人带些食物啊,小宝贝。"海狸太太十分冷静地说,"我们出去旅行,不带点儿吃的怎么行?"

"但我们没时间了!"苏珊一边说,一边扣上大衣衣领上的扣子,"她随时都会过来的。"

"我就是这么说的。"海狸先生插话道。

"你们别瞎说。"海狸太太说,"好好想想,海狸先生,她至少也得在一刻钟后才能赶到。"

"如果我们想要赶在她前面到达石桌,"彼得说,"我们是不是要早点出发?"

"您得记住,海狸太太,"苏珊说,"她到这儿一看,发现我们不见了,肯定会飞速驶向石桌的。"

"她会的。"海狸太太说,"但是我们无论如何也赶不到她的前面,因为她会乘着雪橇,而我们只是步行。"

"那么——我们就没有希望了?"苏珊说。

"不要大惊小怪,我们有希望的。"海狸太太说,"请从那个抽屉里拿出六条干净的手绢。我们当然还有希望。虽然我们赶不到她前面,不过我们可以隐蔽起来,走一条她意想不到的路,也许我们就能成功。"

"没错的,太太,"海狸先生说,"但我们快没时间了。"

"你也别太大惊小怪,先生,"海狸太太说,"瞧,这样就好些了。这儿有五个包裹,最小的一个就让我们中最小的来拿着,那就是你,亲爱的。"她看着露茜补充了一句。

"哦,请您快点吧。"露茜说。

"好了,我现在快准备好了。"海狸太太一边说,

第十章 咒语开始破除

一边让海狸先生帮她穿上雪地靴,"我想,缝纫机太重了,带不了吧?"

"是的,太重了,"海狸先生说,"非常非常重。你不会在想我们逃跑的过程中还要用到缝纫机吧?"

"一想到女巫乱动我的缝纫机,我就受不了。"海狸太太说,"她可能会把缝纫机打碎或偷走的。"

"哦,快点吧!快点吧!请快点吧!"三个孩子急迫地说。就这样,他们终于出了门,海狸先生锁上门。然后,他们就出发了,所有人的肩膀上都扛着一个包袱。

当他们上路时,雪已经停了,月亮也出来了。他们排成一列纵队走着——海狸先生走在最前面,然后是露茜、彼得、苏珊,海狸太太走在最后面。海狸先生带他们穿过堤坝,走到河的右岸,然后沿着一条崎岖不平的小路走着。小路的四周都被树林遮掩得严严实实。在月光照耀下,山谷两边的陡坡高耸入云。

"我们要尽可能在下面走。"海狸先生说,"她只能在上面走,因为雪橇在下面走不了。"

如果你此刻是坐在安逸的扶手椅里,往窗外眺望,那么你看到的将是一幅美景。尽管事情到了这个地步,露茜开始时还在享受着美景。但当他们走啊走,她感觉肩上的包袱越来越重时,她开始思考自己怎样才能坚持下去。她再也不去看那由于结了冰而亮得耀眼的河面和瀑布,不去看树顶上大片大片的雪,或是那耀眼的大月亮和数不清的星星,而只是看着前面海狸先生那短小的腿在雪地里啪哒啪哒地走,就好像他们永远也走不完似的。然后,月亮消失了,雪又开始下了起来。最后,露茜累得几乎是边走边睡了。突然,她发现海狸先生离开河岸往右走,领着他们爬上一个险峻的山坡,走进了一片非常茂密的灌木丛中。等到她完全清醒过来,她发现海狸先生钻进了河岸上的一个小洞里,那个洞几乎完全被灌木丛遮住,直到你走到洞口才看得见它。事实上,等她意识到是怎么回事的时候,只能看见海狸先生的一小节尾巴了。

露茜赶忙弯下腰,跟着海狸先生爬了进去。接着,她听到身后快速爬行的声音和喘气声。不一会儿,他们五个都进了洞。

"这是哪儿?"彼得问道,在黑暗中,他的声音听上去又疲倦又无力。(我希望你们知道我说的声音无力是什么意思。)

"这是以前海狸在遇到困难时的一个藏身之地。"海狸先生说,"这是个大秘密。这地方虽然不大,但我们可以在这里睡上几个小时。"

"要不是你们离开时这么惊慌失措,我还可以带几个枕头来的。"海狸太太说。

和图姆纳斯先生的石洞比起来,这里不算好,露茜想——只不过是在地上挖了一个洞,不过洞里还算干燥,而且是泥土地。洞非常小,所以当他们躺下的时候,就全都蜷缩成一团。这样躺着,再加上他们长途跋涉身上也暖和了,他们觉得还算舒服。要是这洞里的地面再平坦一些就更好了!然后,海狸太太在黑暗中传递过来一个小小的长颈瓶子,每个人都喝了一口——这东西喝完后,人会感觉很呛,嗓子眼火辣辣的,不过咽下肚后

第十章 咒语开始破除

却使人感到暖和多了,大家立即就睡着了。

对于露茜来说,似乎只过了1分钟(而实际上几小时已经过去了),她就醒了,感觉身子有点冷,而且僵硬得可怕,心想要是能洗个热水澡该有多好。然后,她感觉有一束长长的胡子蹭在她脸上,弄得她痒痒的。之后,她看到洞口有冰凉的阳光照进来了。这一来她立刻就完全清醒了,其他人也都醒了。事实上,他们全都坐在那儿,眼睛嘴巴都张得大大的,倾听着一个声音——他们昨晚行走的过程中,一直都在想什么时候听到了这个声音(有时他们还想象着会听到)。那就是铃铛发出的叮当声。

海狸先生一听到这声音,马上就钻出洞去。也许你会像露茜当时想的那样,认为这是十分愚蠢的行为。但,实际上,这么做是非常明智的。他知道他可以在神不知鬼不觉的情况下,爬到山坡顶上的灌木丛中;更为重要的是,他想看看女巫的雪橇是往哪条路开的。其他人全都坐在洞里等待着,满腹疑虑。他们等了将近五分钟。然后,他们听见了什么动静,把他们吓得要死。因为他们听到了说话声。

"哦,"露茜想,"他被发现了。她抓住他了!"

出乎意料的是,过了一会儿,他们竟听到海狸先生从洞外呼唤他们的声音。

"没事的。"海狸先生大声叫道,"出来吧,海狸太太。出来吧,亚当和夏娃的儿女们。没事的,不是她!"当然,这句话有点语法不通,但那就是海狸在激动时的说法。(我是说那是在纳尼亚——要是在我们的世界里,海狸是根本不会说话的。)

于是,海狸太太和孩子们就匆匆爬出洞来,大家被阳光刺得直眨眼睛,身上全都是土,看上去脏兮兮的,又没梳洗过,个个都睡眼惺忪。

"快点!"海狸先生喊道,他高兴得都快手舞足蹈了,"快来看啊!这对女巫来说就是个沉重的打击!看来她的力量好像在慢慢减弱。"

"您的意思是什么,海狸先生?"当大家一起爬上陡峭的山坡时,彼得喘着气问。

"我不是告诉过你们吗?"海狸先生回答说,"她让这里一年到头都是冬天,却从来没有圣诞节。我不是说过吗?那么,你们就过来看看吧!"

然后,他们就都站到了山坡顶上,放眼望去。

孩子们简直不敢相信自己的眼睛,只见前方停着一辆雪橇,有几头驯鹿,挽具上挂着铃铛。不过这些驯鹿比女巫的驯鹿可要大多了,它们的皮毛不是白色的,而是棕色的。雪橇上坐着一个人,大家一见到他马上就认出来了。他个头高大,穿着一件鲜红色的长袍(像冬青浆果一样红),头戴一顶里面有皮毛的兜帽,留着白色的大胡子,那胡子就像满是泡沫的瀑布一样垂在他的胸前。

所有人都认识他,尽管你只有在纳尼亚才会见到他这类人。但在我们的世界里(也就是衣橱门这边的世界里)——你也可

第十章 咒语开始破除

以见到他们的图片,听人谈起他们。但当你亲眼在纳尼亚看到他们,感觉就不大一样了。在我们的世界里,一些圣诞老人的图片会让人觉得他们看起来只是有趣、快活而已。不过现在,孩子们就站在他面前望着他,发现他看起来并不完全是这样的。他是那么魁梧,那么慈祥,那么真实,以至于所有人都安静了下来。他们感到非常高兴,但也非常严肃。

"我终于回来了。"他说,"她把我赶出去已经很久了。但是,我最终还是回来了。阿斯兰已经采取行动了,女巫的巫术正在慢慢减弱。"

露茜觉得浑身上下都快活得颤抖起来,这种感觉只有在你心情庄严而宁静时才会有。

"现在,"圣诞老人说,"作为你的圣诞礼物,海狸太太,我会给你一台更好的缝纫机,我路过你家时会把它放进去。"

"真的吗,先生?"海狸太太说着行了个屈膝礼,"可是房门已经锁上了。"

"有没有锁头和门闩,对我来说都没有区别。"圣诞老人说,"作为你的圣诞礼物,海狸先生,等你回到家,就会看到你的大坝已经完工了,修补过了,所有漏洞都不见了,而且还配上了一道新的闸门。"

海狸先生高兴得嘴巴张得老大,却什么话也说不出来。

"彼得,亚当的儿子。"圣诞老人说。

"在,先生。"彼得说。

"这些是你的礼物。"圣诞老人说,"它们是武器,不是玩具。也许，你马上就要用上它们了，好好带着吧。"说着，他递给彼得一把剑和一个盾牌。盾是银色的，上面有一只腾跃着的红色狮子，它就像刚摘下的成熟的草莓一样红。佩剑呢，剑柄是金子铸造的，还配有剑鞘和佩剑用的腰带，以及一切用剑必备的东西，而且剑的尺寸和重量对彼得来说正好合适。彼得接过这些礼物时，态度严肃，沉默无言。因为他觉得这是一份十分庄严的礼物。

"苏珊，夏娃的女儿，"圣诞老人说，"这些是给你的。"他递给她一张弓、一个装满箭的箭筒和一只小象牙号角。

"你在紧急情况下才能使用这些箭，"圣诞老人说，"我无意让你去打仗。用这把弓箭，你可以百发百中。当你拿起这只号角并吹响它时，不管你身在何处，你都会得到某种形式的帮助。"

最后圣诞老人说道："露茜，夏娃的女儿。"露茜走上前去。圣诞老人给了她一只小瓶子，它看上去像是玻璃的（不过事后人们说那瓶子是用钻石做的），又给了她一把小匕首。"在这个瓶子里，"他说，"有一种甘露，它是用长在太阳山上的一种火花的汁液提炼的。如果你或你的朋友受了伤，滴上几滴就能让人恢复。这把匕首是给你在紧急时自卫用的。因为你也用不着打仗。"

"为什么，先生？"露茜说，"我想——虽然我也不知道——不过我想我足够勇敢。"

"这不重要，女人打仗时是丑陋的。而现在，"说到这儿，

第十章 咒语开始破除

圣诞老人突然看起来没有那么严肃了,"还有一些东西是送给你们所有人的!"他拿出(我猜是从他背上的那只大袋里拿出来的,但没人看见他是怎么拿的)一只大托盘,上面有五套杯碟,一碗方糖,一罐奶油,一只嘶嘶直响的滚烫的大茶壶。然后,他喊道:"圣诞快乐!祝真正的国王万岁!"说着,他甩了一下鞭子,在所有人还没有意识到他出发之前,他和他的雪橇就消失不见了。

彼得刚刚从剑鞘里抽出那把剑给海狸先生看,海狸太太就说:"行了,行了!别站在那儿说话了,一会儿茶都凉了。像个男人一样,过来帮我把托盘拿下来,我们去吃早餐了。幸亏我把面包刀也带来了。"

于是他们走下陡峭的山坡,回到洞里,海狸先生切了点面包和火腿做成三明治,海狸太太倒茶,大家吃得津津有味。但还没等他们好好享用,海狸先生就说:"现在该继续赶路了。"

第十一章
阿斯兰快到了

与此同时,爱德蒙正在度过一个令人大失所望的时刻。当小矮人去准备雪橇时,他本希望女巫会好好款待他,就像他们上次见面时那样。谁知她什么都没说。而最后当爱德蒙鼓起勇气说:"请问,女王陛下,能再给我一些土耳其软糖吗?您——您——说过——"她应道:"安静,傻瓜!"然后她又像改变主意了,仿佛是在自言自语:"可是让这个小鬼昏倒在路上也不行。"说着,她又一次拍了拍手,另一个小矮人出现了。

"给这个人类拿点吃的喝的来。"她说。

小矮人走开了,然后马上回来了,手里拿着一只铁碗,里面盛了点水,还有一只铁盘子,上面放着一大块干面包。他把东西放在爱德蒙旁边的地板上,还咧开嘴笑了一下,那副神情实在令人厌恶,他说:"给小王子的土

第十一章 阿斯兰快到了

耳其软糖。哈！哈！哈！"

"拿走！"爱德蒙很不高兴地说，"我不想吃干面包。"但女巫突然向他扑来，脸上的神情是那么吓人。他只好道了个歉，开始啃起了那块面包，但那块面包已经走了味，简直无法下咽。

"在你能再尝到面包以前，有这个吃，你应该感到高兴。"女巫说。

在爱德蒙依然嚼着那块干面包的时候，第一个小矮人回来报告雪橇已经备好了。白女巫站起来就走，并命令爱德蒙跟她一起去。他们走到院子里时，雪又下起来了，但她根本没有在意，还叫爱德蒙到雪橇上坐在她身旁。在他们出发前，她又招呼毛格里姆，他就像条大狗一样跳到雪橇旁边。

"你带上一条跑得最快的狼，马上到海狸家去。"女巫说，"你们在那儿不管找到谁，统统都杀掉。如果他们已经走了，那就火速前往石桌，不要被人发现。在那藏起来等着我。我得向西走好几英里，才找得到一个能驾雪橇过河的地方。你能在他们还未到达石桌前追上他们。如果找到了他们，你应该知道该怎么干！"

"遵命，女王。"那条狼低声咆哮着，然后立刻飞奔到黑暗的雪地里，转眼工夫他就叫来另一条狼，然后一起奔向堤坝，在海狸夫妇的房子里四处闻着。当然，房子是空的。要是那天晚上天气一直很好，海狸夫妇和孩子们可就遭殃了，因为那两条狼会嗅着他们的气味追踪到他们——十之八九会在他们进洞前追赶上他们。而现在，雪又下了起来，气味也淡了，连脚印都被雪掩盖起来了。

　　与此同时，小矮人赶着驯鹿，跟女巫和爱德蒙出了拱门，然后一路向黑暗的冰天雪地驶去。对爱德蒙来说，这可真是一次糟糕的旅行，因为他没有穿外套。他们走了还不到一刻钟，他的身前就积满了雪。刚开始，他会抖掉这些雪，不过一会儿他就不再抖了。因为他刚一抖完，身上又堆积了一大堆雪，而且他也太累了。一会儿工夫，他浑身上下都已经被雪浸湿了。哦，他真是可怜！现在看来，女巫并没有打算让他当国王！爱德蒙一度让自己努力相信她是个好人、慈善的人，她这一边才是真正正义的一边，现在才发现自己的种种想法是多么愚蠢。此时此刻，他愿意放弃一切，去找大家——甚至是彼得！现在唯一可以安慰自己的办法就是试图相信这一切都是场梦，希望自己能随时醒过来。但是这梦却太漫长了、太真实了。他们不停地赶路，过了一个又一个小时，全身冻僵的爱德蒙觉得这似乎真的就像一场噩梦。

　　这样的情形持续了很长时间，虽然我写了一页又一页，但它依然比我描述的要长得多。不过，我要跳过这一段，说一说雪停了，天亮了，他们在阳光下全速行驶的事。他们依然不停地赶路，周围除了雪地上不断的簌簌声，驯鹿挽具的嘎吱声，再没有其他什么声音。时间就像是静止了，只有吹在面上的寒风还在告诉人们时间还在走，他们还在赶路，这赶路的过程让爱德蒙已经神经麻木了。最后，女巫终于说："看看那儿发生了什么？停下！"他们这才停了下来。

第十一章 阿斯兰快到了

爱德蒙多希望她此时能说说吃早饭的事！可是她停下来的理由却完全不同。离雪橇不远的一棵树下，有个开心的派对。那里坐着一只松鼠以及他的老婆和孩子们。还有两个森林神：一个小矮人和一只老雄狐。大家全都围着桌子坐在高脚凳上。爱德蒙看不清他们在吃什么，但是闻起来香极了，而且似乎还用了冬青做装饰，他简直不敢相信自己看见了葡萄干布丁之类的东西。此时，雪橇停了下来，那只狐狸，显然是这里年纪最大的，刚刚站起身来，右爪举起一只杯子，似乎要说些什么。但等大家都看到雪橇停下，是谁乘在上面时，脸上高兴的神情全消失了。松鼠爸爸的叉子刚举到嘴边准备吃的时候就停了下来。还有一个森林神嘴里还含着叉子也停下了，松鼠宝宝吓得吱吱叫。

"你们这是什么意思？"女巫问道。没有人回应。

"说话啊,坏蛋!"她又说,"难道你们想要我的小矮人用鞭子叫你们开口吗?你们在暴饮暴食,铺张浪费,自我放纵,你们难道发疯了?你们从哪儿弄来这些东西的?"

"请您宽恕,陛下,"狐狸说,"这些都是别人给我们的。请恕我冒昧,让我为陛下的健康干杯——"

"这些东西是谁给你们的?"女巫问。

"圣——圣——圣——圣诞老人。"狐狸结结巴巴地说。

"什么?"女巫咆哮着,她从雪橇上跳了下来,三步并作两步地走到这些受惊的动物面前,"他没有到这儿来过,也不可能到这儿来!你们竟敢——但,只要你们承认刚刚在撒谎,那么我就可以饶恕你们。"

此时,一只小松鼠完全昏了头。

"他来了——他来了——他来了!"他一边尖利地叫着,一面用小匙敲着桌子。

爱德蒙看见女巫咬着嘴唇,雪白的脸颊上出现了一滴血。接着,她举起了魔杖。

"哦,不要,不要,请您别……"爱德蒙叫道。但就在他大声喊叫时,女巫已经挥动了魔杖,刚才参加派对的动物们,立即变成了一个个动物的石像(其中一个动物张着嘴,永远半举着那把石叉),他们围坐在一张石桌前,桌上摆着石盘和石头葡萄干布丁。

"至于你,"女巫说,当她重新登上雪橇后,给了爱德蒙一记耳光,打得他昏头昏脑,"这就是你偏袒奸细和叛徒的教训。"

第十一章 阿斯兰快到了

开车快走!"在这个故事中,这是爱德蒙第一次为别人感到难过。一想到那些小石像坐在那儿无声地度过一个个白天和黑夜,日复一日,年复一年,直到身上长满苔藓,最后甚至脸部也破碎了,他就觉得非常难过。

现在,他们又稳稳地向前驶去。不久爱德蒙就注意到,在他们匆匆行驶的过程中,溅起的雪比昨晚湿多了。同时他还注意到,自己已经觉得不太冷了。天也变得雾蒙蒙的。事实上,雾气越来越浓,天气也变得越来越暖和。雪橇也远远没有原来行驶得那么轻快了。刚开始,爱德蒙还以为是因为驯鹿们累了,但不久他就看出这不是真正的原因。雪橇猛地一拉,滑向了一侧,还不断颠簸,就像撞上了石头。不管小矮人怎么鞭打那些可怜的驯鹿,雪橇还是越来越慢。他们周围似乎还有种奇怪的声音,但雪橇行驶和颠簸的声音,加上小矮人吆喝驯鹿的声音,让爱

德蒙无法听清那到底是什么,直到后来雪橇突然卡住,根本动弹不得,四下突然变得寂静无声时,爱德蒙终于能好好听听那声音了。那声音听起来又奇怪又让人感到愉快,那是种沙沙声、

潺（chán）潺声——

但也没有那么奇怪，因为他以前也听到过这种声音——要是他能记起在哪儿听到的就好了！然后，他立刻想起来了。那是流水声。虽然看不见，但就在他们周围，那是小溪潺潺的欢唱，水流淙淙，噗噗冒泡，水花四溅，甚至（在远处）激流咆哮。等他明白冰已经解冻，他的心都跳了起来（虽然他压根不知道为什么）。离他们比较近的树木的树枝上都在滴答滴答地滴着水。随后，他看见一大块积雪从树上滑落下来，这是他进入纳尼亚以来第一次看见一棵冷杉树的深绿色。但他已经没有时间再听听再看看，因为女巫说道："不要光坐在那儿干瞪眼，傻瓜！下来帮个忙。"

当然，爱德蒙只好服从命令。他赶紧跳到雪中——不过雪都已经化成雪水了——他开始帮着小矮人把雪橇从陷进去的泥潭里拉出来。他们终于把雪橇拉了出来，小矮人对驯鹿十分凶狠，雪橇总算又动了，他们又行驶了一小段路。这会儿雪真的完全融化了，四面八方都出现了一小块一小块的绿草地。除非你也像爱德蒙那样长时间看着一片冰雪世界，否则很难想象看了无穷无尽的白雪之后，看到那一片片绿地，心情有多么欣慰。这时，雪橇又一次停了下来。

"不行啊，陛下，"小矮人说，"雪橇在融雪中没法行驶。"

"那我们必须得步行。"女巫说。

"如果步行，我们永远都追不上他们，"小矮人咕哝道，"而且他们还先走一步。"

第十一章 阿斯兰快到了

"你是我的顾问,还是我的奴隶啊!"女巫说,"按我说的做。把这个人类的手绑在他身后,然后攥住绳子另一头。再带上你的鞭子。把驯鹿的挽具割断,它们自己会找到回家的路。"

小矮人服从了命令,不一会儿,爱德蒙就被反绑着双手,被迫尽快赶路。他不断滑倒在雪水中、泥浆里和湿草地上。每次他一滑倒,小矮人就骂他,有时还用鞭子抽他。女巫走在小矮人后面,嘴里不停地说:"快点!快点!"

时时刻刻,块块绿地都在越变越大,块块雪地都在越变越小。时时刻刻,都有更多的树木脱下雪袍。不一会儿,不管你朝哪儿看,你看到的不再只是白色,而是深绿色的冷杉树、光秃秃的橡树那黑色多刺的树枝以及山毛榉(jǔ)和榆树。接着,薄雾由白色转为金色,一会儿就完全消失了。道道美妙的阳光射到森林的地面上，在头上的树梢之间，你可以看到一片蓝天。

不久，又发生了更奇妙的事情。他们突然绕过一个拐角，来到一片银白色的白桦树林中，在树林的一块空地上，爱德蒙看见到处都开满了黄色的小花——白苣菜。水流声更响了。不久，他们就穿过了一条小溪，并在那发现了雪莲花。

"别到处张望！"小矮人说，当他看见爱德蒙扭头看花的时候，就恶毒地用力拉绳子。

当然，这并不能阻止爱德蒙观看。只过了5分钟，他就注意到一棵老树下长着十几朵藏红花——有金色的、紫色的和白色的。接着又传来了一种比水声更美妙的声音。在他们走的那条小路附近，一只鸟突然在树枝上吱吱叫了起来。不远处另一只鸟儿也喳喳地叫着回应。此后，它们就像收到信号似的，四面八方都叽叽喳喳叫个不停。一时间满耳都是鸟鸣声。不到5分钟，鸟儿的歌声响彻了整个树林。爱德蒙不论往哪儿看，都可以看到鸟儿的踪影。它们有的落在树枝上，有的在空中追逐着，有的在喧闹不休，有的在用嘴梳理自己的羽毛。

"快点！快点！"女巫说道。

现在，雾已经消失得无影无踪了，天空变得越来越蓝，时不时还有几片白云匆匆掠过。宽阔的林间空地上，开着朵朵樱草花。一阵微风吹过，摇曳的树枝上的露珠纷纷洒落，随之清凉、美妙的香味迎面吹来。树木都开始复苏了。落叶松和白桦树披上了绿装，金莲花金光灿灿的。不久，山毛榉就长出了娇嫩、透明的叶子。行人在树下走过，光线也变成绿色的了。一只蜜

第十一章 阿斯兰快到了

蜂穿过他们的那条小径嗡嗡叫着。

"这不是融雪,"小矮人说着突然停下了脚步,"这是春天。我们该怎么办?我得说,您的冬天已经被毁灭了。这都是阿斯兰干的。"

"如果你们再有谁提起那个名字,我立即就杀了他!"白女巫绝望地咆哮着。

第十二章
彼得的首战

小矮人和女巫说这些话时,几英里之外的海狸夫妇和孩子们正在继续走着,他们仿佛进入了一个美妙的梦境。他们早就把身上的外套给扔了。如今,他们彼此间也不再说什么"瞧,那儿有只翠鸟!"或"嗨,风信子!",也不再说"这好闻的气味是从哪儿来的?"或"听那只画眉鸟的叫声多么悦耳动听呀!"他们默默走着,深深陶醉其中,从暖和的太阳地里走进阴凉、碧绿的灌木丛中,又走到宽阔的、长满苔藓的林间空地,高高的榆树当头搭起枝叶繁茂的绿荫,然后他们又走进一大片密密麻麻的开着花的红醋栗中。走在山楂丛中,那里的香味简直让人无法抵抗。

当他们看到冬天在渐渐消失,整个森林在几小时内就从1月到了5月时,他们也和爱德蒙一样惊讶不已。他们甚至没有像女巫那样确定,正是因为阿斯兰的到来,纳尼亚才会变成这样。但他们都知道,女巫的咒语使这里经历了没完没了的冬天;当这个不可思议的春天一开始,他们全都知道女巫的阴谋诡计出问题了,而且是出了大问题。当雪融化有一段时间之后,他

第十二章 彼得的首战

们都意识到女巫已不能使用雪橇了。所以,他们也不再那么匆忙地赶路,而是容许自己多休息几回、休息时间更长一些。当然,他们眼下已经非常累了,但还没有达到所谓的筋疲力尽——只是走得有些慢,感觉如梦如幻的,而且心里很平静,就像在户外待了漫长一天,终于到头时的感觉。苏珊的一个脚后跟磨起了一个小水泡。

他们不久前离开了那条大河的河道,因为必须稍稍往右转(就是说稍稍向南)才能到达石桌那儿。即使这条路不是他们该走的路,他们也不能总沿着河谷走,因为雪一旦融化,河里很快就要发大水了——一股来势惊人、咆哮轰鸣的黄色洪水——而他们走的小路就会被淹在水里了。

现在,太阳快下山了,天色越变越红,影子拉长了,花儿开始收拢了。

"现在不远了。"海狸先生说着就带领他们往山坡上爬,他们穿过一段深深的、松软的青苔(他们那疲劳的双脚踩在上面感觉很舒服),那地方只稀稀拉拉地长着一些高大的树木。在这漫长的一天即将结束之际,大家都爬山爬得气喘吁吁。就在露茜担心自己没好好休息一阵子,到底能不能爬上山顶之时,他们已经到达了山顶,而下面就是他们所看到的。

他们站在一片绿油油的空地上,在那儿,你可以俯瞰森林。除了正前方,目光所及都是绵延不绝的森林。东边远处,有什么东西闪闪发亮,还在晃动。"天哪!"彼得低声对苏珊说,"大海!"山顶上的这块空地的正中央就是石桌。那是一块很大的灰色石板，下面撑着四块直立的石头。石桌看上去非常古老，上面刻满了奇怪的线条和符号，可能是一种未知语言的字母。当你看着它的时候，你会感觉有种好奇。接着，他们在空地的一边看到一个搭起的帐篷。那是个奇妙的帐篷——尤其是当落日的余晖照在帐篷上——帐篷的表面看上去像是杏黄色的丝绸，绳索是深红色的，帐篷桩是象牙白的；在帐篷的支柱上，高高挂着一面旗子，旗子上绘有一只站立着的红色狮子。彩旗迎风飘扬，从远处海面吹来的微风也轻拂着他们的脸。当他们正看着帐篷的时候，只听右方传来一阵音乐，便不由自主地朝那个方向转过身去，这才看见了他们赶来要看的东西。

　　阿斯兰站在一群生物中间，他们围着他形成一个半月形。有树精和水精（在我们的世界里称为森林女神和水仙女），她们都有弦乐器，音乐就是她们演奏的。有四匹巨大的人头马，身体像英国农场里的骏马，头部像严厉而俊美的巨人。还有一匹独角兽、一匹人头牛、一只鹈鹕（tí hú）、一只鹰和一条大狗。阿斯兰身边站着两只金钱豹，一只拿着他的王冠，另一只举着他的旗帜。

　　但说起阿斯兰，海狸夫妇和孩子们在看到他时都不知道该怎么办。没有到过纳尼亚的人，也许会认为好人是绝对不会让人害怕的。如果孩子们以前是这么想的，现在他们会改变这种想法。因为当他们试图看着阿斯兰的脸时，他们瞥见了一头金色的鬃毛和一双威武、高贵、庄严、慑人的眼睛。他们发现自己都不敢正视他，大家都在发抖。

第十二章 彼得的首战

"去吧。"海狸先生低声说。

"不,"彼得低声说,"你先。"

"不,亚当的儿子应该在动物前面。"海狸先生又低声回了他一句。

"苏珊,"彼得低声说,"你先,怎么样?女士优先。"

"不,你最年长。"苏珊小声说。当然,他们越是这样你推我搡(sǎng),越是感到尴尬。后来,彼得终于意识到这事应该由他决定。他抽出剑来,举剑致敬,并匆匆对其他人说:"快来吧,振作起来。"他向狮王走去,说道:"我们来了——阿斯兰。"

"欢迎,彼得,亚当的儿子。"阿斯兰说,"欢迎,苏珊和露茜,夏娃的女儿。欢迎,海狸先生和海狸太太。"

他的声音深沉、浑厚,不知怎么竟消除了他们的不安。他们现在感觉又高兴又平静,站在那儿,就算不说话也不觉得尴尬了。

"但你们中间第四个人去哪儿了?"阿斯兰问。

"他想要出卖他们,投靠白女巫。哦,阿斯兰。"海狸先生说。

于是彼得只好说:"这事多少得怪我,阿斯兰。我对他发脾气,我想那反而促使他变坏了。"

阿斯兰没有说什么,既没有原谅彼得,也没有责怪他,只是站在那儿,用他那金色的大眼睛望着彼得。大伙似乎觉得没什么可说的了。

"请问——阿斯兰,"露茜说,"有什么办法可以救出爱德蒙吗?"

第十二章 彼得的首战

"我会想尽一切办法。"阿斯兰说,"但这事可能比你们想象的要难。"接着他又沉默了一会儿。直到那一刻,露茜还始终认为他的脸看上去是多么高贵、刚毅、平静;而现在,她突然发现他看上去还很悲伤。不过,这种表情马上就不见了。阿斯兰摇了摇他的长鬃毛,两只爪子一拍(露茜想,"要是不知道它刚中带柔,这对爪子可真是吓人"。),说道:"女士们,现在准备好宴席,把夏娃的女儿们带到帐篷里去,好好照料她们。"

女孩们走了以后,阿斯兰伸出一只爪子放在彼得的肩膀上——虽然他动作轻柔,但十分有力,然后他说道:"来吧,亚当的儿子,我来带你看看你将来当国王的那座城堡的远景。"

彼得手里依然握着那把剑,跟着狮子一起来到山顶的东边。一幅美丽的景色出现在他们眼前。太阳已经落在他们背后。这意味着山下的整个王国都已笼罩在暮色之中——森林、小山、峡谷以及像一条银蛇般蜿蜒流过的大河。在这几英里以外的地方是大海,大海以外的地方是天空,落日映照下的云层都变成了玫瑰色。但就在纳尼亚的土地和大海接壤的地方——就是那条大河的入海口——有个东西屹立在一座小山上,闪闪发光。那是一座城堡,朝向彼得这边的窗户当然都映出落日的余晖;对彼得来说,它就像海岸上的一颗大星星。

"男子汉,"阿斯兰说,"那就是有四个宝座的凯尔帕拉维尔城堡,你们中必须有一个人当国王。我之所以带你来看看它,那是因为你是年龄最长的,而你将成为那个至高无上的国王,

统领其他人。"

彼得又一次什么都没说,因为此刻一种奇怪的声音突然打破了平静。那声音听起来就像是号角,却更加浑厚。

"那是你妹妹的号角。"阿斯兰低声对彼得说。如果说狮子发出咕噜声不算大不敬的话,那么这声音低得简直像是在咕噜。

彼得一时不明白。后来,他看见所有的生物都拥上前来,只听得阿斯兰挥挥爪子说:"退下!让王子立个头功吧。"

他才明白过来,于是他以最快的速度奔向帐篷。在那儿,他看见了可怕的一幕。

水仙女和森林女神正四下逃散。露茜撒开两条短腿朝彼得跑来,她的脸色白得就像纸一样。然后,彼得看见苏珊朝一棵树猛冲了过去,纵身爬上了树,后面跟着一只灰色的巨兽。刚开始,彼得以为那是一只熊。后来,他看出这头野兽很像一条阿尔萨斯牧羊犬,然而它比狗大多了。最后,他意识到那是一条狼——一条可以用后腿站立的狼,他前爪扑在树干上又是咬又是号叫,背上的毛根根竖起。苏珊只能爬到第二根大树枝上。她一条腿垂在下面,这样她的脚距离那乱咬的狼牙只有一两英寸。彼得不知道她为什么不爬得再高一点,或至少也要抓牢些;然后他才意识到她快晕过去了,如果她晕过去,她就会摔下来。

彼得并不觉得自己十分勇敢,说实话,他感到自己快要呕吐了。不过,他并没有忘记自己的使命,径直朝那头怪物冲了过去,瞄准它身子一侧猛刺一剑。但并没刺中那条狼。它如闪

第十二章 彼得的首战

电般转过身来,眼睛凶焰灼人,嘴巴张得老大,愤怒地号叫着。要不是它怒气冲冲,非得号叫一通才痛快,它就立马咬住彼得的喉咙了。

事实上——这一切发生得都太快了,彼得根本没有时间去想什么——他只来得及弯下身子,使尽浑身力气,把剑刺进那猛兽前腿之间,刺中了心脏。接下来一段时间,彼得就像在做着一场噩梦一样。他用力拖啊,拉啊,那条狼既不像死了,也不像活着,它露出一口利牙磕在他的额头上,身上沾满了血、热气和皮毛。又过了一会儿,他发现那头怪兽已经倒地死了。他从狼身上把剑拔了出来,直起身来,擦去脸上的汗水。他觉得浑身疲惫。

又过了一会儿,苏珊才从树上下来。当她和彼得相见后,两人都已经累得摇摇晃晃。两个人拥抱在一起,又是亲又是哭的。不过在纳尼亚,没人会为这事而把你往坏处想。

"快!快!"只听得阿斯兰大声喊道,"人头马!雄鹰!我在灌木丛中看见了另外一条狼。那边——就在你们身后!它刚刚飞奔而逃,它回去找它的女主人了,你们现在去追它。正好趁机找到女巫并救出第二个亚当的儿子。"话音刚落,顿时响起一阵雷鸣般的马蹄声和翅膀扑棱声,十几只动作迅速的动物消失在暮色之中。

彼得还没喘过气来,转过身,看见阿斯兰就在他身边。

"你忘记把剑擦干净了。"阿斯兰说。

这话不错,彼得看到那把光亮的剑已经被狼的毛和血弄污

了,不由得涨红了脸。他弯下腰,在草地上把剑擦干净,然后又在自己衣服上把剑擦干。

"把剑交给我,并跪下,亚当的儿子。"阿斯兰说。当彼得遵命跪下以后,他用剑的一面拍了他一下,然后说道:"起来吧,杀死狼的彼得。不管发生了什么,一定不要忘记擦干净你的剑。"一位正直的国王不会被邪恶压倒,他是一个时代的象征,此时的彼得确实很像一位正直的国王,剑身只会对准敌人,就算知道可能不敌,也要用利剑斩断敌人凶恶的爪牙。

第十三章
远古时代的高深魔法

现在,我们得回头交代一下爱德蒙的事了。他被迫走啊走的,走到自己都不知道何时为止的时候,女巫才终于在一个黑暗的峡谷中停了下来。峡谷周围被冷杉树和紫杉树包围着。爱德蒙一屁股就坐在地上,然后顺势躺在那儿一动不动了,他甚至不关心接下来将会发生什么。只要他们让他在那儿静静地躺着,他就不会起来。他太累了,连自己多饿多渴也顾不上了。女巫和小矮人就在他身边低声说着话。

"不,"小矮人说,"现在没用了,女王。他们这会儿肯定已经到达石桌了。"

"也许,狼会循着我们的气味找到我们,给我们送信来。"女巫说。

"就算它回来,也不可能是好消息。"小矮人说。

"凯尔帕拉维尔城堡有四个宝座。"女巫说,"那么,如果只有三个人坐在那儿,会怎样?那预言就实现不了。"

"可是他已经回来了,会有什么关系吗?"小矮人说。即使是现在,他依然不敢在女主人面前提起阿斯兰的名字。

"他可能不会待太久。等他走了，我们就向凯尔帕拉维尔城堡的其他三个人发起进攻。"

"然而，如果我们把这个人类留下来当人质，可能会更好。"小矮人说，并踢了爱德蒙一脚。

"是啊！饶他一条活命。"女巫鄙视地说。

"那么，"小矮人说，"我们最好把该做的事马上做完。"

"我宁愿在石桌那儿做，"女巫说，"那是最合适的地方。以前做这种事总是在那儿。"

"要过很长一段时间，石桌才能再派上原有的用场。"小矮人说。

"没错。"女巫说道。接着她又说："好吧，我就要开始了。"

就在这时，一条狼急匆匆地咆哮着冲到他们面前。

"我看到他们了。他们都在石桌那儿，和他待在一起。他们杀死了我的队长毛格里姆。我藏在灌木丛中全看到了。是被一个亚当的儿子杀死的。快逃！快逃！"

"不！"女巫说，"没有必要逃。你快去，召集所有人马，尽快赶到这儿来和我会合。动员巨人、狼人，还有站在我们这一边的树精。召唤食尸鬼、骷髅精、食人魔、牛头人身怪、獠牙怪、女巫、幽灵以及毒蕈（xùn）族的人。我们要和他们作战！"

"我不在您身旁，如果敌人来了怎么办？"那条狼问道。

"说什么！我不是还有魔杖吗？即使他们来了，不也会变成石头吗？快走吧，趁你离开的这段时间，我还有点儿小事要完成。"

第十三章 远古时代的高深魔法

那头巨兽鞠了个躬,转过身就飞快地跑了。

"现在!"她说,"我们没有桌子——让我想想。我们最好把他绑在树干上。"

爱德蒙只觉得自己被粗暴地从地上拉了起来。然后,小矮人让他背靠着一棵树,把他紧紧绑在了上面。他看到女巫脱下了外面的披风,露出来两条光胳膊,白得吓人。因为她的胳膊太白了,在漆黑山谷里的阴暗的树下,除了她的胳膊,他什么也看不清。

"把祭品准备好。"女巫说。小矮人解开爱德蒙的衣领,把领口往里折,露出脖子。随后他抓着爱德蒙的头发,把他的头往后拉,这样他就抬起了下巴。之后,爱德蒙听见了一种奇怪的声音:飕——飕——飕。他一时想不出这是什么声音。然后才意识到,那是磨刀的声音!

就在这个时候,他听见四面八方传来巨大的声响——一阵阵蹄声,一阵阵翅膀扑打声——女巫尖叫了一声——周围一片混乱。

接着,他发现自己被松了绑。几条有力的胳膊扶着他,只听有个温和的声音在说:"让他躺下,给他喝点酒。喝了这个,沉住气,你一会儿就好了。"

接着他又听见好多声音,但他们不是在和他说话,是相互间在说话。他们说着这样的话:"谁抓到女巫了?""我以为你抓到她了。""我把她手里的刀打下来后就再没看到她。""我刚才在追小矮人。""你的意思是她逃跑了?""我一个人怎么能顾得了那么多啊。""那是什么？哦，可惜，那只是一截老树桩！"不过听到这儿，爱德蒙就晕了过去。

现在，那些人头马、独角兽、鹿和鸟（他们当然是上一章里说的阿斯兰派出去的救兵）就带着爱德蒙一起出发回到了石桌。但如果他们能看见他们走后山谷里发生的事，我想他们一定会大吃一惊的。

山谷里一片寂静，不久月光更加明亮了。如果你在那儿，你就会看到月亮照在一截老树桩和一块不大不小的鹅卵石上。如果你继续观察，就会逐渐想到这树桩和石头有点怪。接下来，你会觉得那个树桩真的很像一个小胖子蹲伏在地上。如果你观察的时间再长一些的话，你就会看见那个树桩走到了鹅卵石旁边，鹅卵石坐了起来，开始跟树桩讲话；因为实际上树桩和鹅卵石就是女巫和小矮人。这就是女巫的一个巫术，她可以把事物变成其他模样，就在她手上的刀被打下来的那一刹那，她不慌不忙地施出了这一招。她刚才也握住了自己的魔杖，所以魔杖还是好好的。

第二天早上，当其他三个孩子醒来以后（他们就睡在帐篷里的一堆垫子上），他们首先听到的就是海狸太太的话：他们的兄弟已经得救，昨天深夜已被带回营地，这会儿正和阿斯兰在一起。他们吃完早饭就一起上外面去，只见阿斯兰和爱德蒙正单独走在人群外，在挂满露珠的草地一起散步。无法告诉你阿斯兰说了些什么（也没人听说过），但这次谈话使爱德蒙终身难忘。当三个孩子走近时，阿斯兰带着爱德蒙一起转身来见他们。

第十三章 远古时代的高深魔法

"你们的兄弟来了。"他说,"过去的事就不必再跟他谈了。"

爱德蒙跟大家一一握手,挨个儿说了声"对不起",大家都说"没关系"。然后,大家都想说点什么,来表明他们和他依然是好朋友——他们想说点寻常而自然的话——当然谁也想不出说什么才好。不过,在他们还没真正感到尴尬之前,一只金钱豹就来到阿斯兰面前说:"陛下,敌方来了一个信使请求晋见。"

"让他过来。"阿斯兰说。

金钱豹走开了,不一会儿就带着女巫的小矮人回来了。

"你带来了什么口信,大地的儿子?"阿斯兰问。

"纳尼亚女王兼孤独岛女皇陛下要求给予安全通行权,派我前来跟您会谈,"小矮人说,"商谈一件事关双方利益的事项。"

"纳尼亚女王?岂有此理!"海狸先生说,"真是厚颜无耻!"海狸先生对"女王"这个词很敏感,以前他不敢说是因为害怕女巫的魔法。不过,现在不同了,有伟大的阿斯兰给他撑腰了。

"安静,海狸。"阿斯兰说,"不久,所有的名称都会归位给他们应有的主人。在这期间,我们不会为此争执。回去告诉你的女主人,我已授予她安全通行权,条件是她得将她的魔杖放在那棵大橡树下。"

小矮人同意了这一点,两头金钱豹跟着小矮人一同回去确保他们履行条件。"假如她把两头金钱豹变成石头该怎么办?"露茜低声对彼得说。"我想那两只金钱豹也有同样的想法;我

看到它们走开时背上的毛一根根全都竖了起来，尾巴上的毛也立起来了——就像猫见到陌生的狗一样。"

"没事儿。"彼得低声回答说，"如果有事儿，阿斯兰就不会派它们去了。"

几分钟过后，女巫本人走上小山顶，一直走过去，站在阿斯兰面前。三个孩子以前从没有见过她，但他们一看到她那张脸就觉得背上一阵发毛，在场所有的动物也都发出了低声的咆哮。虽然这时依然阳光明媚，可每个人都突然感觉到一阵寒冷。在场的只有阿斯兰和女巫两个看起来从容自若。看见一张金黄色的脸和一张惨白的脸靠得如此之近，真让人觉得简直是天大的怪事！女巫竟然正视阿斯兰的眼睛，海狸太太特别注意到这一点。

"你身边有个叛徒，阿斯兰。"女巫说。当然，在场的每个人都知道她指的是爱德蒙。但爱德蒙经过了这一场事件，早上又被谈了一次话之后，已经不再只考虑自己了。此刻，他只是一直望着阿斯兰。女巫说什么他似乎并不在意。

"不过，"阿斯兰说，"他又没有冒犯你。"

"你难道忘了高深魔法了吗？"女巫问道。

"就当是我已经忘记了。"阿斯兰庄重地回答说，"你给我们讲讲这个高深魔法吧。"

"给你们讲讲？"女巫说，她的声音突然变得更尖厉了，"讲讲就在你们身边的那张石桌上写了什么吗？讲讲在秘密山的火石上深深镌刻着什么吗？讲讲海外皇帝的权杖上刻着什么吗？

第十三章 远古时代的高深魔法

至少你应该知道皇帝最初在纳尼亚施展的魔法吧。你知道每个叛徒都应属于我，作为我合法的祭品，凡是有谁背叛，我都有权杀了他。"

"哦，"海狸先生说，"原来你是这样一个自以为是的女王——因为你是皇帝的刽子手。我明白了。"

"安静，海狸。"阿斯兰说着低声咆哮了一声。

"所以说，"女巫继续说，"那个人类是我的。他的生命权在我手里，他的血也归我所有。"

"那你过来拿吧。"人头马大声咆哮着说。

"傻瓜，"女巫凶残地狂笑着，她几乎是在咆哮，"你真的认为你的主人单用武力就可以夺走我的权力吗？他懂得高深魔法，决不会这么糊涂。他知道除非我依法得到血，否则纳尼亚就将在烈火洪水之中毁灭。"

"一点儿没错，"阿斯兰说，"我不否认这一点。"

"哦，阿斯兰！"苏珊低声在狮子耳边说，"我们能不能——我的意思是，你不会把爱德蒙交给她的，是不是？关于高深魔法，我们能不能做点什么？没有什么可以对付它吗？"

"对付神的魔法？"阿斯兰说着转向苏珊，脸上皱着眉头。之后，没有人再向他提出那种建议了。神制定的高深魔法是纳尼亚的法典，没有人可以打破这规则，就算是阿斯兰也同样不行。

爱德蒙站在阿斯兰的另一边，一直望着阿斯兰的脸。他有一种透不过气来的感觉，不知道自己该不该说点儿什么；但过了一会儿，他觉得自己不应该做什么，而只需等待，按照别人说的去做。

"你们全都退下,"阿斯兰说,"我要跟女巫单独谈谈。"

大家全都遵命。这段时间可真难熬——当狮子和女巫低声诚恳地谈话时,大家就在那儿等着,满心疑虑。露茜沮丧着脸说了声"哦,爱德蒙"就哭了起来。彼得背对着大家,看着远处的大海。海狸夫妇相互拉着爪子,低头站着。人头马不安地直跺脚。不过,最后大家都一动不动地站在那儿,周围寂静无声,就连大黄蜂飞过的声音,或是山下林子里小鸟的动静,或是风吹树叶沙沙响的声音都听得见。阿斯兰和白女巫的谈话仍在继续。

最后,他们听见阿斯兰的声音。"你们可以回来了。"他说,"我把这件事解决了。她已经放弃索要你们兄弟的血。"这时,整个山头都有了声音,仿佛大家刚才一直在屏住呼吸,现在才开始喘气一样;然后,大家都私下咕哝起来。

女巫脸上露出一阵狂喜,正要转过身去,却忽然停下来说:"但我怎么知道你能信守诺言呢?"

第十三章 远古时代的高深魔法

"啊嗷！"阿斯兰咆哮了一声，说着就要从宝座上站起身，只见他的大嘴越张越大，咆哮声也越来越响。见此情形，女巫吃惊地张开嘴，盯着狮子看了一会儿，就马上拉起裙子，赶紧逃命去了。

第十四章
女巫的胜利

女巫一走,阿斯兰就说:"我们必须立刻离开这个地方,因为这儿有别的用途。我们今晚得到贝鲁娜浅滩去扎营。"

当然,大家都想问问他,他是怎么和女巫商定这件事的。但阿斯兰表情严肃,而且大家耳边依然回响着他的咆哮声,所以没人敢开口问。

在山顶露天下吃了一顿饭后(因为阳光这会儿有些晒人,把草地都晒干了),他们忙了一阵子,拆掉帐篷,打包东西。还没到两点,他们就开始启程,朝东北方向出发,大家悠闲地走着,因为要去的地方离这里并不是很远。

在旅途中,阿斯兰一直向彼得说明他的作战计划。"女巫一旦完成她在这一带的活动,"他说,"她和她的队伍就一定会退回到她的老巢准备进行围攻。你有可能切断她的路,不让她回去,也有可能切不断。"然后,它继续提出两个作战方案——一个是在丛林中和女巫及其队伍进行作战,另一个就是袭击她的城堡。在这段时间里,他一直指点着彼得怎么指挥作战,比如他说"你必须把人头马布置在这样的地方",或是"你必须

第十四章 女巫的胜利

派侦察员去监视她，不要让她怎么怎么的"。直到最后，彼得问道："但你自己不也在场吗，阿斯兰？"

"我不能保证。"狮子回答说。然后，他继续给彼得指示。

在旅途快要接近尾声的时候，苏珊和露茜一直望着阿斯兰。他没有说太多话，而且他似乎看起来很悲伤。

当他们到达一个河谷开阔、河面又宽又浅的地方时，天还没黑。那里就是贝鲁娜浅滩，阿斯兰下令大家在河的这一边停下来。但彼得说："我们把营地驻扎在那一边岂不是更好——以免她夜袭或是什么的？"

阿斯兰似乎正在想着其他事情，只见他抖了抖脖子上那漂亮的鬃毛，这才回过神来，说道："嗯？什么？"彼得又重说了一遍。

"不。"阿斯兰声音低沉地说，就像这事无关紧要一样。

"不，她今晚不会发起袭击的。"然后，他深深地叹了一口气。但马上又补充道："不过，你这样想是好的，士兵本来就应该这样想。但真的没什么关系。"所以，他们就着手搭起帐篷了。

那天晚上，阿斯兰的情绪影响了每个人。彼得一想到自己要一个人率兵作战，心里就觉得很不安。阿斯兰可能不在场的消息，对他来说就是一大打击。那晚的饭大家吃得都很安静。大家都觉得那天晚上跟昨天晚上甚至是当天早上的情形都大不一样。好像好时光刚刚开始，却已经快要结束了。

这种感觉对苏珊影响很大，她上床之后一直睡不着。后来，她就躺在那儿数羊以求入睡，但是翻来覆去的，就是睡不着。

这时,只听露茜一声长叹,在暗中翻到了她身边。

"你也睡不着吗?"苏珊问。

"睡不着。"露茜说,"我还以为你睡着了呢。我说,苏珊!"

"什么?"

"我有一种非常可怕的感觉——好像要发生什么了。"

"是吗?因为,其实,我也有这种感觉。"

"有关阿斯兰的,"露茜说,"不是他要出什么可怕的事,就是他要干什么可怕的事。"

"他整个下午都不大对劲。"苏珊说,"露茜!他说打仗的时候不和我们在一起是什么意思?你认为他今晚会不会偷偷离开我们?"

"他现在在哪儿?"露茜说,"他在不在帐篷里?"

"我不这么认为。"

"苏珊!我们出去看看吧。也许能看到他。"

"好吧,走。"苏珊说,"反正我们躺在这也睡不着,不如出去看看呢。"

于是,两个女孩在黑暗中悄悄地摸索着,从其他睡着的人身边蹑手蹑脚地走出了帐篷。月光皎洁,除了河水潺潺流过石头的声音,一切都十分寂静。这时,苏珊突然抓住露茜的胳膊说:"看!"

在营地的那一边,也就是树林边上,她们看到阿斯兰正慢慢远离大家,往树林里走去。她俩二话没说,就跟了上去。

她们跟着他爬上陡峭的山坡,走出了河谷,然后又稍微向

第十四章 女巫的胜利

右走去——显然,这就是当天下午她们从石桌山下来时所走的路线。她们跟在阿斯兰后面走啊走,走进黑乎乎的阴影里,又走到苍白的月光下,走得她们的脚都被浓浓的露水弄湿了。不知怎的,他看上去和她们认识的阿斯兰不一样了。他的尾巴和脑袋都耷(dā)拉了下来,他走得很慢,就好像他非常非常累了。然后,当她们穿过一片开阔的空地时,由于没有阴暗的地方可以藏,他停了下来,朝四面张望着。这时再逃就不好了,于是她们就朝他走了过去。当她们走近时,他说:"哦,孩子们,孩子们,你们怎么跟来了?"

"我们睡不着。"露茜说。她深信自己不用多说,因为阿斯兰知道她们在想什么。

"我们能跟着你吗——不论你去哪儿?"苏珊说。

"这个嘛——"阿斯兰说,他似乎在想什么。然后他说:"我很高兴,今晚你们能陪伴我。好吧,你们可以跟着我。但你们得答应我,当我叫你们停下,你们就停下,然后让我一个人走。"

"哦,谢谢你,谢谢你,我们会的。"两个女孩说。

于是,他们又继续往前赶路了,两个女孩分别走在阿斯兰的两侧。但他走得也太慢了!他那庄严而高贵的脑袋低垂着,鼻子都快碰到草地了。突然,他被绊倒了,发出了一声低沉的呻吟。

"阿斯兰!亲爱的阿斯兰!"露茜说,"你怎么了?能告诉我们吗?"

"你是不是病了,亲爱的阿斯兰?"苏珊问道。

"没有。"阿斯兰说,"我感到悲伤和孤独。把你们的手放在我的鬃毛上,好让我感觉到你们在这儿,我们就这样走吧。"

于是,两个女孩照他的话做了。要是没有经过他的允许,她们是绝不敢这么做的。但从第一次见到他的时候,她们就想这么做。现在,她们一边把冰凉的手伸进他那美丽的鬃毛里,抚摸着他,一边跟他走着。现在,她们知道她们跟着他已经爬上了石桌所在的山坡。她们爬到树林边缘,等她们走到最后一棵树旁(这棵树的周围有一些灌木丛),阿斯兰停下来说:"哦,孩子们,孩子们,你们得在这儿停下来了。不管发生什么,都不要让别人发现。永别了。"

于是,两个女孩都泣不成声(尽管她们自己也不知道为什么),她们搂着阿斯兰,亲吻他的鬃毛、他的鼻子、他的爪子以及他那庄重而悲哀的眼睛。然后,他转过身去,走向山顶。露茜和苏珊蹲伏在灌木丛中望着他,下面就是她们所看到的。

一大群人正站在石桌周围,尽管是在月光下,他们中很多人手里依然拿着火把,那火把燃烧时闪耀着充满邪气的红色火焰和黑色的烟。可那是些什么人啊!长着丑陋牙齿的食人魔、狼、牛头怪、恶灵树精和毒树精;其他生物我就不描写了,不然大人们可能就不让你们看这本书了——其中有獠牙怪、女巫、梦魇、阴魂、黑妖、地妖、石怪和巨灵等。事实上,凡是站在女巫这一边、听到狼传唤女巫命令的都来了。站在中间,靠着石桌的就是女巫本人。

当这些生物看见伟大的狮王向他们走去时,都发出一阵阵

第十四章 女巫的胜利

惊慌的号叫,片刻间,似乎连女巫也害怕了起来。随后,她恢复了镇定,发出一阵残忍的狂笑。

"那个傻瓜!"她叫道,"那个傻瓜来了。给我把他紧紧绑住!"

露茜和苏珊屏住了呼吸,只等阿斯兰一声怒吼,向他的敌人扑去。但他竟没有吼叫。四个女巫龇牙咧嘴,斜眼看着阿斯兰,刚开始她们有些退缩,对要做的事有点儿害怕。随后,她们才开始慢慢靠近阿斯兰。"我说,把他绑住!"白女巫又说了一遍,语气更加强烈了。四个女巫立即向他冲了过去,当她们发现阿斯兰毫不抵抗时,都发出了胜利的尖叫声。然后,邪恶的小矮人和猿猴们都一拥而上,前来帮助她们。他们把体形庞大的阿斯兰掀翻在地,把他的四个爪子绑在一起,叫喊欢呼,仿佛他们做了什么勇敢的事。虽然只要阿斯兰愿意,一只爪子就可以要了他们的命;但他却一声不吭,甚至敌人又拉又拖,绳子拉得那么紧,都勒进肉里去了,他也不吭声。接着,他们开始把他拖向石桌。

"停下!"女巫说,"先给他把毛剃了。"

一个食人魔拿着一把大剪刀走上前来,蹲在阿斯兰脑袋旁边,女巫的爪牙们发出一阵恶毒的狂笑。大剪刀咔嚓咔嚓,一堆堆卷曲的金色鬃毛纷纷掉在地上。剪完后,食人魔退后一步站着。两个孩子从她们躲避的地方望着,她们看见阿斯兰的脸没有了鬃毛显得那么小,那么异样。敌人也看到了这一差别。

"哎呀,原来他只是一只大猫啊!"一个爪牙叫道。

NARNIA
狮子、女巫和魔衣橱

第十四章 女巫的胜利

"这就是我们一直害怕的东西吗？"另一个爪牙说。

然后，他们全都拥向阿斯兰身边嘲笑他，说着这样的话："猫咪，猫咪，可怜的猫咪！""你今天逮了几只老鼠，猫咪？""要不要来一碟牛奶，小猫咪？"

"哦，他们怎么能这样？"露茜说道，脸蛋上泪珠滚滚而下，"畜生！畜生！"露茜刚开始的震惊已经过去了，她觉得阿斯兰剪掉毛后的脸看上去比以前显得更勇敢，更美丽，更坚忍。

"把他的嘴套上！"女巫说。即使是现在，他们在给他套嘴套的时候，他只要张嘴一咬，也会咬掉他们两三只手。但他却一动不动，而这似乎让这群乌合之众红了眼，都来欺侮他了。那些在他被绑起来之后仍然不敢靠近他的，竟也鼓起勇气来。过了片刻，两个女孩甚至都看不到他了——他被整群生物紧紧地包围着，他们踢他，打他，向他吐唾沫，嘲笑他。

最后，这群暴徒终于闹够了。大家开始把五花大绑、戴着嘴套的狮子拖向石桌，推的推，拉的拉。阿斯兰体形那么庞大，即使他们把他拖到石桌边，也得用尽全部力气才能把他抬到石桌面上。之后，他们又给他捆上了更多道绳子，捆得也更紧了。

"胆小鬼！胆小鬼！"苏珊呜咽着说，"他们现在还害怕他吗？"

等到阿斯兰被捆紧并放到那块平坦的石桌上（他被捆得简直成了一大堆绳子）后，这群暴徒才静了下来。四个女巫拿着四支火把，站在石桌的四角。女巫就像前一天晚上她要对付爱德蒙时一样，捋（luō）起了袖子，然后开始磨刀。当火把的光照到那把刀上时,孩子们看到,那刀似乎不是钢做的,而是用石头做的,而且他的形状又古怪又邪恶。

最后她走近了。她站在阿斯兰的头旁边。她激动得脸抽搐扭曲起来,但阿斯兰仰望着天空,仍然很平静,既不生气,也不害怕,只有一点儿悲伤。这时,就在她要砍下去的时候,她弯下腰,用颤抖的声音说:"现在,谁赢了?傻瓜!你以为你这样做,就真的能拯救那个人类叛徒吗?按照我们的条约,现在我要把你杀了来替他顶罪,这样才能平息高深魔法。但你死之后,谁能阻止我把他也杀了?谁又能把他从我手中救出?你要明白,你已经把纳尼亚永远给我了,你送了自己的命,也没能把他救了。知道这一点,你一定绝望了吧,去死吧!"

孩子们没看到狮子被杀的那一刻。因为她们都蒙住了自己的眼睛,不忍心去看。

第十五章
远古以前更加高深的魔法

当两个女孩还蹲在灌木丛中、双手捂着脸的时候，她们听到女巫叫喊道："现在！你们都跟着我，我们要去收拾那些残兵败将了！这个大傻瓜，这只大猫死了以后，我们用不了多久就可以打垮那些害虫和叛徒的。"

这时候，两个孩子身处危险之中，因为有那么一会儿，只听阵阵野蛮的叫喊声、尖锐的风笛声及号角声响成一片，那帮恶劣的暴徒从山顶上一哄而下，正好经过她们藏身的地方。她们只觉得幽灵像一阵阴风从她们身边掠过，大地在牛头人身怪奔驰的蹄声中颤抖着；头顶上一阵猛禽扑翅，只见黑压压一片都是秃鹰和巨型蝙蝠。要是在其他时候，她们早就害怕得浑身发抖了，而现在，她们还完全沉浸在阿斯兰死去的悲痛、羞辱和痛恨之中，根本没有想到害怕。

树林一安静下来，苏珊和露茜就爬到空旷的山顶上。月亮一直在下沉，薄薄的云正从她身边越过，但她们仍然看得出阿斯兰被五花大绑着躺在那里。她们跪在湿漉漉的草地上，亲吻着他冰凉的脸，抚摸他美丽的毛——剩下来的那些毛——一直把眼泪哭干为止。然后,她们两人手拉着手,彼此对望着,感到无比孤独,又继续哭了起来,接着又一次沉默。最后露茜说:"我再也看不下去那可怕的嘴套了。我们把它摘下来吧?"

于是,她们就试了试。弄了好一阵子之后(因为她们的手指都冰凉,而且这时正是夜里最黑暗的时候),她们终于把嘴套摘掉了。当她们看到阿斯兰没有戴着嘴套的脸,就又大哭起来,又是亲,又是抚摸的,还尽可能把上面的鲜血和泡沫擦掉。这种凄凉、绝望、可怕的情景,我真不知如何描写才好。

"我们把他身上的绳子也解开,好吗?"苏珊马上说道。但敌人出于怨恨把绳子捆得很紧很紧,两个女孩怎么解也解不开这些绳子。

我希望本书的读者不会像苏珊和露茜那样整晚都那么痛苦;不过,如果你整夜没睡,欲哭无泪——你就知道到头来,心里会变得非常平静。你觉得似乎再也不会出什么事了。至少,这两个女孩当时的感觉就是这样。时间似乎就在这种死寂中一个小时一个小时地过去了,她们几乎都没注意到自己越来越冷了。但最后,露茜注意到两件事情。第一,小山东面的天空比一小时以前亮了一点儿。第二,她脚边的草地上有些小小的动静。起初,她对此毫无兴趣。这又有什么关系呢?现在什么都无关紧要了!但是,她终于看到这不知名的东西开始沿着石桌那四条笔直的腿往上爬。现在,不管那些东西是什么,它们正往阿斯兰的身上爬。她凑近仔细看了看,原来是些灰不溜秋的小东西。

第十五章 远古以前更加高深的魔法

"啊!"苏珊在石桌对面说,"太残忍了!爬在他身上的是些讨厌的小老鼠。走开,你们这些小畜生。"说着,她举起手想把它们吓跑。

"等下!"露茜仍然在近处一直看着它们,"你没注意它们在做什么吗?"

两个女孩都弯下腰,目不转睛地盯着。

"真的!"苏珊说,"多奇怪啊,它们正在咬断绳子呢!"

"我也这么想,"露茜说,"我想它们是友好的老鼠。可怜的小东西——它们还不知道阿斯兰已经死了。它们认为把绳子解开会对他有点儿好处。"

一会儿天亮多了,两个女孩这才注意到彼此的脸是多么的苍白。她们看见那些小田鼠,几十只几十只的,甚至有成百上千只,一口口地咬着,最后,那些绳子全被咬断了。

这会儿,东方的天空已经泛白,星星渐渐隐没——只有地平线上还有一颗很大的星星。她们觉得现在比晚上更冷了。那

些小老鼠都爬走了。

女孩们把咬断的绳子残屑都清除掉了。没有这些绳子，阿斯兰就恢复了原来的模样。天色越来越亮，她们也看得更清楚了，他那张没有生气的脸看上去越来越高贵了。

在她们背后的林子里，有一只鸟叽喳叫了一声。因为好几个小时以来，这里都是一片寂静，这声音把她们吓了一大跳。接着，又有一只鸟应声附和着。不一会儿，到处都是鸟儿在歌唱。

清晨已来，深夜已经过去了。

"太冷了。"露茜说。

"我也觉得。"苏珊说，"我们走一走吧。"

她们走到小山的东崖边往下望去。那颗大星星几乎消失了，整个天空看上去全是深灰色。不过，在天边，大海倒是一片灰白。天空开始变红了。她们在死去的阿斯兰和东面山脊之间来回走了无数次，想借此取暖；但她们的腿太累了。于是，她们站了一会儿，眺望大海和凯尔帕拉维尔城堡（这会儿只能看出城堡的轮廓），在海天相连的地平线上，红红的天色终于变成了金黄，太阳冉冉升起来了。就在这时，她们听到身后发出一声巨响——一声震耳欲聋的巨响，仿佛一个巨人绷裂了他身上的铠甲。

"那是什么？"露茜说着一把揪住苏珊的胳膊。

"我——我害怕转过身。"苏珊说，"发生了什么可怕的事情？"

"它们又开始折磨他的尸体了。"露茜说，"快点儿！"她拉着苏珊一起转过身来。

第十五章 远古以前更加高深的魔法

太阳一升起,一切看上去都大不相同了——所有的色彩和阴影都变了——以至于一时间她们并没有看到那件重要的事情。后来她们才看见,原来那张石桌在一声巨响中从头到尾裂成两半,而阿斯兰不见了。

"哦,哦,哦!"两个女孩哭着冲回石桌。

"哦,这太糟糕了。"露茜呜咽着说,"它们该留下尸体的。"

"是谁干的?"苏珊叫道,"这是什么意思?难道是魔法?"

"是的!"一个洪亮的声音从她们背后传来,"这是众神法典,更加高深的魔法。"她们回头一看,只见在阳光的照耀下,阿斯兰正站在那儿。他的体形看起来比以前更大,他正在甩着自己的鬃毛(显然,他的鬃毛又长出来了)。

"哦,阿斯兰!"两个孩子都叫了起来。她们目不转睛地看着他,心里又高兴又害怕。

"你不是死了吗,亲爱的阿斯兰?"露茜说。

"现在又活了。"阿斯兰说。

"你难道是——是一个——?"苏珊声音颤抖着问。她不忍心说出那个"鬼"字。

阿斯兰俯下金色的脑袋,舔舔她的额头。他呼出的气是暖暖的,鬃毛里似乎发出一股浓浓的香味笼罩着她。

"我像吗?"他说。

"哦,你是真的,你是真的!哦,阿斯兰!"露茜叫着。两个女孩都扑上前去,把他吻个遍。

"可是这一切都是怎么回事?"等大家稍微平静了一些,

苏珊问道。

"是这样的，"阿斯兰说，"尽管女巫知道高深魔法神之法典，但是，有一个更高深的魔法，她却不知道。她懂的那一套只到远古时代为止。但如果她能往前再追溯一段时间，看到旷古以前的寂静和黑暗，她就会知道还有一个不同的咒语。她会知道，当一个自愿送死的祭品，本身没有背叛行为，却被当作叛徒杀死，石桌就要迸裂，死亡就会起反作用。而现在——"

"哦，太好了，现在你感觉如何？"露茜一边跳一边拍着手说。

"哦，孩子们，"阿斯兰说，"我觉得我的力量又恢复了。哦，孩子们，看看你们能不能抓到我！"他站了一下，眼睛闪烁着光，四肢微颤，抽打着尾巴。然后，他一跃而起，跳过她们头顶，落到石桌的对面。露茜哈哈大笑，虽然她自己也不知道为什么笑；她赶紧爬过石桌去捉他。阿斯兰又是一跳。一场疯狂的追逐就此展开。他带领她们在山顶上转啊转，一会儿让她们够也够不着，一会儿让她们差点抓到他的尾巴，一会儿从她们中间冲过去，一会儿用他美丽而柔软的大爪子把她们抛向半空又接住，一会儿又冷不防停下来。他们三个嘻嘻哈哈滚成一团。这场嬉闹除了在纳尼亚，可没人玩过；而且露茜怎么也拿不准，她们究竟是在跟暴风雨玩呢，还是在跟小猫玩。有趣的是，等他们三个最后一起躺在太阳下喘气的时候，两个女孩再也不感到疲劳、饥饿和口渴了。

"好了，"阿斯兰说道，"我们谈谈正经事吧。我觉得我

第十五章 远古以前更加高深的魔法

要咆哮一声了,你们最好用手指把耳朵堵上。"

她们照办了。阿斯兰站起来,抖动头上的鬃毛,昂头张开大口咆哮时,他的脸变得太可怕了,以至于她们都不敢正视他。她们看到他面前的树随着咆哮声全部弯下了腰,草也随风弯曲成了一片草场。随后他说:"我们要进行一次长途旅行,你们得骑到我身上。"于是他趴下身来,孩子们爬到他温暖的金色的背上,苏珊坐在前面,紧紧抓住他的鬃毛,露茜坐在后面,紧紧抱住苏珊。他猛一挺身,站起来就飞奔而去,比任何骏马都快,他下了山,进入一片茂密的森林。

骑在狮子身上,也许是她们到纳尼亚以来最美妙的事了。你有骑着马飞快地奔跑过吗?想想那种感觉,然后去掉沉重的马蹄声和马嚼子的叮当声,想象一下那四只大爪子,着地几乎无声无息。再想一想,你骑的不是黑色、灰色或栗色的马,而是满身长着柔软的金黄色皮毛的狮子,鬃毛在风中飞舞着。想一想,你比跑得最快的赛马还要快两倍。而且这次骑行既不需要带路的,也不会感到疲劳。阿斯兰往前冲啊冲,从不失足,从不犹豫,他熟练地在树木间穿行,跳过灌木丛、荆棘丛与小溪,蹚过小河,游过大河。而且你不是在路上、公园里,或是草原上,而是横穿整个纳尼亚。在春天里,跑过条条幽暗的山毛榉林荫路,穿过橡树林间块块向阳的空地,穿过片片有雪白樱树的野生果园,路过水声轰鸣的瀑布、青苔覆盖的岩石、回声不绝的山洞,爬上金雀花丛映照的多风的山坡,穿过有茂密石楠的山肩,沿着令人眩晕的山脊,跑下去,跑下去,又一次跑进开阔的山谷,

跑进大片的兰花地。

快到中午的时候，他们发现自己正走在一片陡峭的山坡上，这里可以俯瞰一座城堡——从他们站着的地方望去，那就像一个小小的玩具城堡——看上去似乎全是尖尖的塔楼。阿斯兰全速冲向城堡，城堡越变越大，她们还没来得及问这是哪儿，就已来到城堡前。现在，城堡已不再只像个玩具城堡，而是阴森森地耸立在他们面前了。城垛上看不见人影，城堡大门也紧紧地闭着。阿斯兰根本没有放慢脚步，而是如子弹一般，径直朝城堡冲去。

"这就是女巫的老巢！"他叫道，"现在，孩子们，抓紧我！"

一瞬间，整个世界似乎上下颠倒，孩子们只觉得五脏六腑都被甩到了身后，因为阿斯兰将全身猛地收拢，又进行了一次弹跳，这一次比以前任何时候都跳得更高——与其说他是在跳跃，不如说他是在飞，一直飞过城堡的墙头。两个女孩气都喘不过来，不知不觉中已从狮背上滚了下来，落在一个宽宽的石头院子里，里面全是石像。

第十六章
石像背后的故事

"真是个特别的地方!"露茜叫道,"全是石头动物——还有石人!这里——这里就像一个博物馆。"

"嘘!"苏珊说,"阿斯兰正在做些什么。"

他果然是在做些什么。阿斯兰跳到石狮面前,对石狮吹了口气。然后,他突然转过身去——就像一只猫在追着自己的尾巴——然后又对那个石头矮人吹了口气,你们大概还记得,这矮人正背对着石狮,站在相隔一两英尺的地方。接着,他又扑向站在矮人那边的一个高大的石头树精灵,又迅速转到另一边去解决它右面的一只石兔,再冲到两个人头马身边。

但就在这时,露茜说:"哦,苏珊,看!快看那头狮子。"

我想,你们都见过这样的场景:在没有生火的炉架上放上一张报纸,划一根火柴,点燃报纸,开头的那一秒似乎毫无动静,紧接着,你们就看到一丝小小的火焰在报纸的边缘蔓延。此时的情况正是如此,阿斯兰对石狮吹了口气之后,第一秒,那只石狮看上去并无异样。后来他那白色大理石的背上开始掠过一小缕金色,然后金色蔓延开了,后来金色似乎在他全身掠过，就像火焰吞没了那张报纸一样——在他的后腿仍然是石头的时候，这只狮子甩了甩鬃毛，这时，所有那些沉甸甸的石头都如涟漪般变成了活生生的鬃毛。他张开血盆大口，呼出热气，打了一个大大的呵欠。此时，他的后腿也活了过来。他抬起一条后腿在身上搔搔。当他看见阿斯兰后，他一下子就跳到阿斯兰后面，又是蹦又是跳，高兴得都快哭了起来，还跳起来舔舔阿斯兰的脸。

当然，孩子们的眼睛都跟着狮子转，但她们看到的景象是那么奇妙，以至于她们很快就把他给忘了。到处都是活过来的石像。这院子不再像一个博物馆，而像是一个动物园。这些生物都跟着阿斯兰跑，围着他跳舞，到后来他几乎被大伙儿遮住了。院子里不再是一片惨白的景象，而是色彩斑斓：人头马那油亮的栗色马身，独角兽靛（diàn）蓝色的犄角，百鸟绚烂的羽毛，红棕色的狐狸，狗和森林神，穿黄袜子戴红风帽的小矮人，一身银装的白桦女孩，晶莹碧绿的山毛榉女孩，还有落叶松女孩，一身苍翠鲜亮的衣装。本是死气沉沉的地方，现在却回荡起欢乐的喧闹声：狮吼、虎啸、驴叫、狗吠、鸽鸣、马嘶，还有尖叫声、顿足声、呐喊声、欢呼声、歌声和笑声。

"哦，"苏珊说话的声音都变了，"看！我怀疑——我是说，那样安全吗？"

露茜朝苏珊的目光望去，只见阿斯兰朝一个石头巨人的两脚吹了口气。

"没事儿！"阿斯兰兴冲冲地喊道，"只要这双脚复活了，

第十六章 石像背后的故事

他的其他部分就会跟着好起来的。"

"我不完全是这个意思。"苏珊低声对露茜说。不过,即使阿斯兰听到她的话,这会儿也来不及了,巨人的两条腿已经渐渐恢复了原状。现在,他正挪动双脚,又过了一会儿,他拿下肩膀上的那根木棒,揉揉眼睛说:"天哪!我一定是睡着了。现在!那个在地上跑来跑去的该死的小女巫去哪儿了?刚才她还在我脚边呢。"当大伙儿都抬头对他大声解释着真正发生了什么时,巨人把手放在耳边让他们再说一遍,最后才算听明白。然后,他深深低头弯下身子,脑袋低得只有干草堆那么高,还不断摸着帽檐向阿斯兰致意。他虽然长相难看,但满脸的诚实,喜气洋洋的。(如今,无论哪种巨人都难得一见,而脾气好的巨人更少见,你们十之八九就从来没见过一个满面笑容的巨人,这情景倒很值得一看。)

"现在,我们该去女巫的城堡内部看看了!"阿斯兰说,"大家赶快。楼上,楼下,还有女巫的卧室!每个角落都要搜。谁知道那些可怜的囚犯会被藏在哪儿呢。"

于是,他们全都冲了进去。片刻工夫,那座黑暗、恐怖、霉臭的旧城堡里全都响起了开窗户和大伙儿喊叫的声音:"别忘了地牢——帮我们打开这扇门!——这儿还有一条弯曲的楼梯——哦,我说,这儿有一只可怜的小袋鼠。叫阿斯兰来——哎呀!这儿太难闻了——小心那些暗门——上这儿来!楼梯平台上还有好多呢!"但最好的事要数露茜冲上楼去,大喊着:"阿斯兰!阿斯兰!我找到图姆纳斯先生了。哦,快过来!"

NARNIA
狮子、女巫和魔衣橱

第十六章 石像背后的故事

阿斯兰同样对着图姆纳斯先生吹了一口气，过了一会儿，露茜和半羊人就手拉手跳着舞，高兴得转了一圈又一圈。这小家伙虽然被变成了石像，但毫发未损。当然，他对露茜所讲述的一切都兴趣十足。

最终，他们结束了对女巫堡垒的彻底搜查。整个城堡都空了，门窗全都大开，阳光和芳香的春天气息涌进了这些黑暗和邪恶的地方，黑暗被阳光赶出了城堡，那些地方多么需要阳光和新鲜空气啊。这一大群重新获得生命的石像又拥回院子里。就在这时，有人（我想，是图姆纳斯）首先开口说道："可我们怎么出去呢？"

阿斯兰是跳进来的，而院子大门仍然紧锁着。

"那没关系。"阿斯兰说，随即后腿直立起来，对巨人大声喊道，"嘿，上面的，你叫什么名字？"

"尊贵的阁下，我是巨人提姆巴方。"巨人说着，摸摸帽子以示敬意。

"好吧，巨人提姆巴方，"阿斯兰说，"让我们从这儿出去，好吗？"

"当然可以，阁下。我愿意为您效劳。"巨人提姆巴方说，"你们这些小家伙都离大门远点！"然后，他大步走到门口，抡起大棒，"砰——砰——砰"。第一下，大门嘎吱嘎吱地响了；第二下，大门裂开了；第三下，大门成了碎片啦。随后他又去对付大门两边的塔楼，又捶又捣，几下子工夫，两边的塔楼和旁边大部分高墙都轰隆隆倒下了，成了一大堆碎砖烂瓦；等到尘土散去，站在这个光秃秃、阴森森的石头院子里看着缺口外那绿油油的草地、随风摇曳的树木、波光粼粼的溪流以及溪流外的青山和山外的碧空，可真是别有风味。

"我不是浑身臭汗才怪呢。"巨人说话时像大火车头似的直喘，"由于条件差，我想你们这些年轻小姐身上都没带手绢吧。"

"有，我带了。"露茜说着踮起脚尖，尽量把她的手绢举得高高的。

"谢谢你，小姐。"巨人提姆巴方说着弯下了腰。瞬间，露茜吓了一大跳，因为她不知不觉中竟被巨人两个指头捏住提到半空中了。但就在她凑近他脸的时候，他突然一惊，随即把她轻轻放回地上，嘴里还喃喃地说："天啊，我竟把小女孩也拎起来了。对不起，小姐，我还以为你就是那块手绢呢。"

"不，不，"露茜笑着说，"手绢在这儿呢！"这一回他总算设法拿到了。不过对巨人来说，手绢的大小就像你们的糖精片那么大。因此，露茜看见他一本正经地用这块手绢，在他那张又大又红的脸上来回擦时，她不由得说道："提姆巴方先生，恐怕这块手绢对你没多大用途。"

"哪儿的话，哪儿的话。"巨人有礼貌地说，"从来没见过比这更好的手绢。这么精致，这么方便。以至于——我都不知道该怎么形容了。"

"他是个多么好的巨人啊！"露茜对图姆纳斯先生说。

"哦，是的。"半羊人回答说，"巴方家的人全是那样的。他们是纳尼亚最受人尊敬的巨人家族之一。也许不太聪明（我

第十六章 石像背后的故事

从来就不知道有聪明的巨人），但他们是一个古老的家族。你知道，这是有传统的。如果他是另外一种人，她根本无法把他变成石头。"

这时，阿斯兰拍拍爪子，叫大家安静。

"我们今天的工作还没完呢。"他说，"如果要在睡觉前打败女巫，我们就必须立刻找她们打一仗。"

"希望算我一个，先生。"最大的人头马补充道。

"当然。"阿斯兰说，"现在，那些跟不上的——孩子们、小矮人和小动物们——必须骑在那些跟得上的动物——狮子、人头马、独角兽、巨人和鹰背上。那些鼻子灵敏的必须跟我们狮子一起走在前头，好闻出哪儿在打仗。赶快，你们自己分分类吧。"

接着就是一阵忙乱，一阵欢呼，他们都分好了。这里面最高兴的要数另外的那头狮子了，他一直跑着装作忙忙碌碌的样子，其实是为了对他见到的每一个人说："你听见他说什么了吗？我们狮子，那意思就是他和我。我们狮子，我就喜欢阿斯兰这点。没有架子，不盛气凌人。我们狮子，那意思就是他和我。"他一直说来说去，至少说到阿斯兰把三个小矮人、一个树精、两只兔子和一只刺猬放到他背上，这才把他稳住了。

一切都准备好以后（实际上，是一条大牧羊犬帮着阿斯兰让大家各自找到自己合适的位置的），他们就从城堡高墙的缺口处动身了。首先，狮子和狗四处嗅着气味。接着，一条巨大的猎狗突然嗅到了气味，并叫了起来。此后，大家抓紧时间行动。

狮子、女巫和魔衣橱

所有的狗、狮子、狼和其他参与追捕的动物都把鼻子贴近地面，全速前进，其他的都在他们后面大约半英里处尽快地跟着飞跑。这声音倒像英国的猎狐，因为大家不时会听见猎犬的吠声，夹杂着另一只狮子的吼声，有时还有更深沉、更可怕的阿斯兰的吼声。气味变得越来越容易跟踪，当到达一个狭窄多风的峡谷最后转弯处时，露茜就听出在所有这些声音之外的另一种声音——那是一种不同的声音，她一听心里就有一种怪异的感觉。那是呐喊声、尖叫声和金属的撞击声。

等他们走出那个狭窄的峡谷，露茜立刻就明白了其中的原因。彼得和爱德蒙带领着阿斯兰其余的军队，正拼命跟她昨晚看见过的那群可怕的生物战斗。现在，在阳光下，那些动物看上去更怪、更邪恶、更丑陋，数量看起来也更多。彼得的军队——都背对着露茜——看上去少得可怜。而且有好多石像散布在战场上，显然，女巫使用了她的魔杖。但现在，她似乎没有使用

第十六章 石像背后的故事

魔杖,她正在用她的石刀打仗。她在和彼得作战——双方打得十分激烈,露茜简直看不清是怎么回事;她只看出刀光剑影飞闪,叫人眼花缭乱,看上去倒像有三把刀和三把剑了。这一对在中间厮杀,两边都排成一条战线。不论她朝哪边看,都是一片可怕的景象。

"孩子们,快从我背上下来。"阿斯兰叫道。她们俩就此翻滚下来。随后一声怒吼,震撼了从西部路灯到东部海边的整个纳尼亚,阿斯兰带着他的军队向着女巫的队伍冲去。阿斯兰这只巨兽亲自向白女巫扑去。露茜看到,刹那间女巫抬起头望着他,满脸的恐惧和惊讶。女巫恐惧地尖叫着。狮子和女巫滚成一团。女巫被压在下面,狮子一口咬断了女巫的脖子。阿斯兰从女巫老巢里带出来参战的所有生物,都猛地朝敌人的阵线中冲去。小矮人手中握着战斧,猎狗用牙齿,巨人用木棒(他

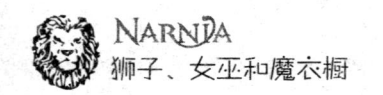

的双脚也踩死了好多敌人），独角兽用角，人头马用剑和蹄子。彼得的那支疲惫的军队立即士气大振，新上阵的动物们怒吼着，敌人发出尖叫声，叽里咕噜的，整个森林里都回荡着厮杀的喧闹声。

第十七章
追捕白鹿

这场战斗在阿斯兰他们赶到后的片刻间就全部结束了。大部分敌人在阿斯兰和他的伙伴第一次进攻时就已经被杀了。那些活着的敌人看到女巫死了,不是投降就是逃走了。接下来,露茜注意到彼得和阿斯兰在握手。她觉得彼得这会儿看上去很怪——他的脸色苍白,神情严峻,而且他看上去老了很多。

"这都是爱德蒙的功劳,阿斯兰。"彼得说道,"如果不是他,我们就要被他们打败了。女巫把我们军队的成员都变成了石头,散落得到处都是。可什么也挡不住他。他一路打倒了三个食人魔,一直打到女巫刚把你的一头金钱豹变成石像的地方。等他靠近女巫时,他很理智,他用剑劈开了她的魔杖,而不是鲁莽地直接向她进攻,因为那样只会让他变成一个石像。而所有其他的人正是犯了这个错误。要是我们原先损失没那么严重的话,女巫的魔杖一断,我们就开始有转机了。他受了重伤。我们必须去看看他。"

他们发现爱德蒙就在离战线不远的后方,由海狸太太负责照看着。他浑身是血,张着嘴,脸色惨白。

"快，露茜。"阿斯兰说。

就在这时，露茜才忽地记起作为圣诞礼物送给她的那瓶珍贵的妙药。她两手抖得厉害，怎么也打不开瓶塞。不过，最后她总算打开了，并往她哥哥嘴里倒了几滴。

"还有别的伤员呢！"阿斯兰说。露茜却仍然焦急地望着爱德蒙苍白的脸，不知妙药有没有效果。

"是的，我知道。"露茜生气地说，"等一下。"

"夏娃的女儿，"阿斯兰的声音严肃起来了，"别人也在生死关头，难道其他人必须得为爱德蒙而死吗？"

"抱歉，阿斯兰。"露茜说着站起身跟他一起走去。接下来的半小时，他们忙得不可开交——露茜忙着处理伤员，而阿斯兰忙着把那些变成石头的生物变回原样。等她终于抽空回到爱德蒙那儿时，她发现他已经一个人站起来了，他不仅伤口愈合了，而且看上去比以前还要好。事实上，自从他上了那个讨厌的学校，第一学期他就开始变坏了。现在，他变回了本来的面貌，敢于正视别人的脸了。

"爱德蒙，你是一位真正的武士，纳尼亚的武士。"阿斯兰把爪子轻轻放在爱德蒙头上。

"他知道，"露茜低声对苏珊说，"阿斯兰为他做了什么吗？他知道阿斯兰和女巫实际上是怎么商定的吗？"

"嘘！不，当然不知道。"苏珊说。

"难道不应该告诉他吗？"露茜说。

"哦，当然不应该，"苏珊说，"那对他来说太可怕了。"

第十七章 追捕白鹿

如果你是他，想想看，你会有什么感想？"

"尽管如此，我还是认为他应该知道。"露茜说。不过这时有人打断了她们的谈话。阿斯兰向着她们看了一眼，轻摇了一下头。露茜与苏珊马上心领神会。阿斯兰并不想让爱德蒙有太大的心理压力。

那天晚上，他们就待在原地睡觉。阿斯兰是如何给他们找到食物的，我也不知道，也许是魔法吧。不过，不管怎么说，大伙儿在8点钟左右坐在草地上吃了一顿精美的茶点。第二天，他们开始沿着那条大河往东进发。第三天，大约在吃茶点的时候，他们又来到了入海口。坐落在小山上的凯尔帕拉维尔城堡高高地屹立在他们面前；在他们前方是沙滩、岩石、海草、一个个小小的咸水池，还有青绿色的万顷波涛不停地冲击着的海滩。哦，还有海鸥的叫声！你们听见过吗？你们还记得吗？

那天晚上吃过茶点，四个孩子全都回到了海滩，他们脱下鞋袜，光脚感受着沙滩的舒适。不过，第二天他们就严肃多了。

因为那时,在凯尔帕拉维尔那象牙屋顶的精美大厅里(西门全都挂满了孔雀毛,东门直通大海),阿斯兰面对着他们四个人,伴随着号角声,庄严地为他们带上王冠,并带领他们坐到四个宝座上。

"彼得,你英勇、善良、负责任,是一位好的国王,我相信你会是纳尼亚最好的国王。在此,我——阿斯兰封你为纳尼亚国王。"

"苏珊,你有着冷静、纯洁的心,你会带领着纳尼亚走向更好的未来。在此,我——阿斯兰封你为纳尼亚女王。"

"爱德蒙,虽然你刚来纳尼亚的时候误入了歧途,但是,在后来我看到了你的智慧、英勇,你会保护好纳尼亚的。在此,我——阿斯兰封你为纳尼亚国王。"

"露茜,最小的孩子,天真、纯洁,你相信真实,从不说谎,我相信你会守护纳尼亚的土地和臣民。在此,我——阿斯兰封你为纳尼亚女王。"

"彼得国王万岁!苏珊女王万岁!爱德蒙国王万岁!露茜女王万岁!"周围都是震耳欲聋的欢呼声。

"在纳尼亚一朝为王,终身为王,好好记住,亚当的儿子!好好记住,夏娃的女儿!"阿斯兰说。

同时,从敞开的东门外传来了雄人鱼和雌人鱼的声音,它们游到靠近城堡台阶的地方,欢唱着向它们的国王和女王致敬。

于是,四个孩子坐在宝座上,接受了权杖,他们向所有好友分别颁发了奖赏和荣誉,以表敬意,包括半羊人图姆纳斯、

第十七章 追捕白鹿

海狸夫妇、巨人提姆巴方、金钱豹、善良的人头马、小矮人以及另一头狮子。那天晚上,在凯尔帕拉维尔举行了一个盛大的宴会,歌舞狂欢,金光闪闪,美酒汩(gǔ)汩。和城堡里的音乐相呼应的是海上传来的那种更奇妙、更甜美、更扣人心弦的海中人弹奏的音乐。

但就在这场欢庆中,阿斯兰悄悄走开了。当两位国王和两位女王注意到他已不在时,他们也没说什么。因为海狸先生曾经对他们说过,"他会来也会离开,你们今天看到他,明天就看不见了。他不喜欢束缚——当然他还有别的国家要去处理。这没关系,他会常常回来。只是你们不能逼他。要知道他天性狂野,不是那种被驯化了的狮子"。

现在呢,你们也看得出,这个故事就快讲完了(不过还没完)。这两位国王和两位女王把纳尼亚管理得井井有条,在他们的统治下,纳尼亚长治久安,快快活活。刚开始,他们把大部分时间都花在搜寻并消灭白女巫残余的军队上。长期以来,确实也有潜伏在森林中偏僻地带的坏蛋作恶的消息——他们到处捣乱、杀人。这个月有人说看见一个狼人,下个月又谣传出现女巫。但最后所有的祸害都被消灭了。他们制定了完善的法律,维持社会治安,保护好树木不受不必要的砍伐。年轻的小矮人和树精灵必须上学,严禁谩骂滋事,鼓励互相帮助。他们赶走了胆敢越过纳尼亚北部边境的凶猛巨人(这些巨人和巨人提姆巴方大不相同)。他们跟海外一些国家结成友好同盟,并进行友好互访。岁月流逝,他们自己也都长大成人。彼得变成一个身材高大、胸脯厚实的男人,一个伟大的武士,人称至尊王彼得。苏珊长成一个身材高挑、举止优雅的女人,一头黑发几乎拖到脚跟,海外一些国王纷纷派大使来向她求婚,人称温柔女王苏珊。爱德蒙比起彼得来,显得更严肃、更安静,善于掌握议会和主持审判,人称公正国王爱德蒙。至于露茜,她一向无忧无虑,而且满头金发,那一带所有的王子都想娶她为王后,纳尼亚的国民都称她为英勇女王露茜。

　　于是,他们就这样过着快快乐乐的生活,如果他们记得他们在这个世界的生活,也只是像人们记得一个梦似的。有一年,图姆纳斯(如今这只半羊人已过中年,身体也变得结实了)顺河下来给他们带信说,白鹿出现在这一带了。(如果你抓到白鹿,白鹿就可以让你实现愿望。这是纳尼亚古老的传说。)因此,两位国王和两位女王带上他们宫廷里的重要成员,骑着马,吹着号角,带着猎犬到西部森林去追踪白鹿了。幸运的是,他们去后不久就看到了白鹿的身影。白鹿身材矫健、四腿修长,鹿角就像是两棵小树顶在头上,额头中间还有一个鲜红的勾玉符

第十七章 追捕白鹿

号,跑得飞快。白鹿带着他们飞快地翻山越岭,历尽艰险,直到所有大臣的马都累倒了,只有这四个国王仍然紧追不舍。他们看见那只鹿钻进一片马无法跟随的灌木丛。然后,彼得国王说(他们做了太久的国王和女王,所以说话的风格也大不一样了):"各位王弟王妹,现在让我们下马,跟随那白鹿进入灌木丛吧,我生平从未打到过一只比这更高贵的猎物。"

"王兄,"其余三个说,"既然如此,我们就走吧。"

于是他们都下了马,把马拴在树上,步行前往密林中。他们刚走进树林,苏珊女王就说道:"各位,这儿有一大奇迹,因为我似乎看见了一棵铁树。"

"王姐,"爱德蒙国王说,"如果你好好看看,就会发现那是一根铁柱,顶上还挂了一盏灯呢!"

"天哪,"彼得国王说,"把灯装在周围树木如此茂密、如此高的地方,真是奇怪,就是灯亮着也照不见人。"

"王兄,"露茜女王说,"很可能这根柱子和这盏灯装在这儿的时候,这地方只有小树,也可能树木稀疏,或者还没有树。因为这里的树木是新长出来的,而铁柱却看起来很老。"他们就站在那儿望着它。

这时,爱德蒙国王说:"不知道是怎么的,柱子上的这盏灯让我有种奇怪的感觉。就好像我以前见到过似的,似乎是在梦里,或者是梦里的梦里。"

"王弟,"他们大家都回答说,"我们也是这样想的。"

"而且,"露茜女王说,"我脑子里老在想,只要我们走过这根柱子和灯,我们就会有种种奇遇,或者命运就要发生重大变化。"

"王妹,"爱德蒙国王说,"我心里也有类似的预感。"

"我也是,王弟。"彼得国王说。

"我也这么想。"苏珊女王说,"因此依我之见,我们还是悄悄地回到我们拴马的地方,不要再追踪这只白鹿了。"

"王妹,"彼得国王说,"这一点我要请你原谅。因为我们四个自从在纳尼亚当了国王和女王以来,我们不论着手进行什么大事,诸如战争、审讯、比武、执法之类,都没有半途而废过;我们总是一旦着手做,就必定要取得成功。"

"王姐,"露茜女王说,"王兄说得对。而且我觉得,如果我们因为任何的恐惧或任何预感就打道回府,放弃追捕这么高贵的白鹿,似乎就有些惭愧了。"

"我也是这么想的。"爱德蒙国王说,"我一心想发现这东西的意义,就是拿整个纳尼亚最珍贵的珠宝和所有的岛屿来换,我也绝不回去。"

"那么以阿斯兰的名义,"苏珊女王说,"如果你们非要这么做,那就让我们走吧,不管遇上什么奇事都听天由命吧。"

于是,两位国王和两位女王走进了灌木丛,他们刚走了几步就全想起来了,他们看见的就是带给他们惊险奇遇的那盏路灯。再走不到20步,他们发现自己不是在树枝间走路,而是穿行于一件件大衣之中。他们加快脚步在这些大衣中间兴奋地跑了起来,想快点看到尽头。不一会儿,他们全都从大衣橱的门

第十七章 追捕白鹿

里滚到空房间里,而且他们也不再是穿着猎装的国王和女王,而是穿着过去的衣服的彼得、苏珊、爱德蒙和露茜。时间还停留在他们躲进大衣橱的同一天、同一个小时。麦克雷迪太太和参观的客人仍然站在过道里说着话;不过幸好他们没有进到这空房间里,因此孩子们也没被他们发现。

要不是他们觉得必须得向教授解释大衣橱里的四件大衣是怎么没了的,这个故事本该结束了。而教授是一个非常了不起的人,他并没有说他们愚蠢,也没有责备他们在撒谎,而是相信了整个故事。

"不,"他说,"我认为没有必要再从衣橱里穿回到那个地方去取大衣。你们现在也无法从那条路再回到纳尼亚了。就

算拿回来，那些大衣也没有多大用处。嗯？什么？是的，当然，有一天你们会回到纳尼亚的。在纳尼亚一朝为王，就终身为王。不过，你们不要再走同一条路线。真的，千万别再试图过去了。你们不去找它，它自会出现。而且，你们自己之间也不要过多谈论这件事。也别对任何其他人说起，除非你们发现他们也有过类似的奇遇。什么？你们怎么会知道？哦，你们会知道的。从他们说的奇怪的事情——甚至从他们的表情来看——都会透露出秘密。你们留心好了。天哪，他们在学校里都学了些什么啊？"

至此，衣橱中的奇遇已经结束。不过，如果教授说得对的话，这只是纳尼亚奇遇的开始。